Treffer in Telgte

M. Ord(t)schreiber

Treffer in Telgte

Kriminalroman

Aschendorff Münster

Idee: Simone Thieringer, Kulturbüro der Stadt Telgte
Realisierung: Westfälische Nachrichten, Kulturbüro der Stadt Telgte, Volkshochschule
Workshopleitung und fachliche Begleitung: Jürgen Kehrer
Koordination und Redaktion: Roland Greife (Westfälische Nachrichten), Simone Thieringer
Titelbild: Heinrich Schwarze-Blanke

Satz: Geraldine Rondorf

Gesamtherstellung: Aschendorff Medien GmbH & Co. KG, Druckhaus Münster

Gedruckt auf säurefreiem, alterungsbeständigem Papier ∞

ISBN 978-3-402-12782-7

Vorwort

Ein Krimi, der in Telgte spielt und von Telgtern geschrieben ist; und am Anfang weiß noch niemand, wie der Fall ausgeht – das versprach Spannung.

Das Kulturbüro der Stadt Telgte, die Westfälischen Nachrichten und die Volkshochschule haben diese Idee gemeinsam verfolgt. In einem VHS-Workshop entwickelten schreibfreudige Krimifans zusammen mit dem münsterschen Schriftsteller Jürgen Kehrer ein Ausgangsszenario für eine Geschichte, deren Dramaturgie fortan die Leserinnen und Leser der Westfälischen Nachrichten bestimmten. Denn über einen Zeitraum von fünf Monaten konnten sie Woche für Woche im Online-Auftritt der WN jeweils aus zwei Kapitel-Varianten auswählen. Der Vorschlag, der die meisten Stimmen bekam, bildete die Grundlage für das nächste Kapitel. So entstand ein Kriminalroman über Macht, Moral und Mord.

1.

Die Kälte kroch von unten hoch. Trotz der gefütterten Stiefel, die Horst Döring trug, verwandelten sich seine Füße in eisige Klumpen. Sein altes Leiden. Schon als Kind hatte er darunter gelitten. Wobei die Frotzeleien seiner Mitschüler fast noch schlimmer waren. Hotte mit den eiskalten Händen. Eishorst mit Sauerkraut. Der ganze Unsinn, den sich Pubertierende einfallen ließen. „Hast du nicht Angst, dass die Mädchen schockgefroren werden, wenn du ihnen ...?" Horst Döring kannte noch alle Witze, die jemals über ihn gemacht worden waren. Und er verabscheute seinen eigenen Körper, der auskühlte wie heißes Blei im Wasserglas, sobald die Lufttemperatur unter 15 Grad Celsius fiel.

Eigentlich hasste er auch die Jagd. Dass er hier im Wald mit einem Gewehr im Arm herumstand, lag an seinen gesellschaftlichen Verpflichtungen. Daran, dass man von ihm erwartete, Kontakte zu knüpfen und zu pflegen. Aber im Grunde hatte er nichts für dieses archaische Ritual übrig, bei dem zivilisierte Männer die Instinkte der Urzeit auslebten. Als gemeinsames Jagen dazu diente, die in der Höhle zurückgebliebene Horde zu ernähren. Nichts anderes machten sie an diesem Samstag in den Klatenbergen, ein paar Kilometer nördlich von Telgte. Nur ein bisschen kultivierter als in der Steinzeit. Mit Gewehren statt mit Speeren und Faustkeilen. Und mit Regeln, die besagten, dass er ausschließlich Frischlinge, bis zu einem Jahr alte Wildschweine, schießen durfte. Denn es war Anfang September, die Jagdsaison begann erst in einigen Monaten. Ausgenommen Drückjagden auf Wildschweine, um den Bestand zu reduzieren.

Döring wischte sich einen Tropfen von der Nase. Seit einer halben Stunde lauerte er am Rand der Lichtung. Am Morgen, als er aus seinem Haus in der Herrenstraße getreten war, hatte er noch gehofft, dass es in den Klatenbergen ähnlich angenehm sein würde wie in der Telgter Innenstadt, die sich bereits für das große Fest rüstete. Mariä-Geburtsmarkt. In der nächsten Woche würden der Bürgermeister und er, Horst Döring, Baudezernent und Stellvertreter des Bürgermeisters, den Jahrmarkt eröffnen. Für Barbara, seine Frau, war das einer der großartigsten Momente im Jahr. Barbara liebte den Glamour und die repräsentativen Auftritte. Leider gab es davon in Telgte viel zu wenige. Deshalb lag sie ihm in den Ohren, das beschauliche Emsstädtchen so schnell wie möglich wieder zu verlassen. Am besten in Richtung Düsseldorf oder Berlin. Wo es Einladungen zu festlichen Galas und feinen Abendgesellschaften nur so regnen würde. Falls er den nächsten Sprung auf der Karriereleiter schaffte. Den längst überfälligen, wie Barbara immer öfter und giftiger bemerkte. Aber Döring gefiel es in Telgte. Und insgeheim hatte er sich damit abgefunden, dass es nicht weiter aufwärts gehen würde. Er war jetzt Anfang 50 und kein Hoffnungsträger mehr, mit dem sich Staat machen ließ. Die dynamischen 30-Jährigen zogen an ihm vorbei, warfen mit ihrem Business-Englisch um sich, dass er sich vorkam wie ein Relikt der Kohl-Ära.

Nein, der Zug war abgefahren. Er erhielt den Schein aufrecht, sang weiter im Männerchor und ging zur Jagd, als sei nichts geschehen. Erledigte öffentliche Termine ebenso wie die Routinearbeit im Rathaus. Niemand bemerkte den Bruch, den es in seinem Leben gegeben hatte.

Nur Barbara vielleicht. Erst gestern hatte er gesehen, wie sie an seiner Kleidung schnüffelte. Hatte sie etwas gerochen? Nickis Parfüm womöglich? Dass er abends und an den Wochenenden häufig unterwegs war, sich mit Politikern, Journalisten und Unternehmern in Kneipen und Hinterzimmern traf, gehörte zu seinem Job. Doch in den letzten Wochen war er selten vor 24 Uhr nach Hause gekommen. Und das lag nicht an irgendwelchen mehr oder weniger offiziellen Gesprächen, sondern an Nicki. Der herrlichen, wunderbaren Nicki. An ihrer Haut, die an Schokoladeneis erinnerte, an ihrem schlanken, straffen Körper, mit dem sie ihn umschlang, an den liebevollen Worten, die sie ihm ins Ohr flüsterte. Es war ein Traum. Ein Traum, aus dem er nie wieder aufwachen wollte. Anfangs war er misstrauisch gewesen, hatte nicht glauben können, dass sich die 20-jährige Malerin, der fast alle Männer hinterher starrten, ausgerechnet in ihn, Horst Döring, verliebt hatte. Der Altersunterschied war einfach zu groß, die Lebensanschauungen zu unterschiedlich. Doch schon bald hatte er verstanden, dass Nickis Gefühle für ihn echt waren, dass sie es ernst meinte, sich nicht bloß beweisen wollte, dass sie jeden Mann rumkriegte. Von da an hatte er jede Sekunde mit Nicki genossen. Schmerzhaft waren nur die Momente des Abschieds. Sein Doppelleben, das ihn zwang, zu der ungeliebten Frau ins Ehebett zu steigen.

Im Gebüsch auf der gegenüberliegenden Seite der Lichtung knackte es. Döring hob das Gewehr. Ein Keiler brach aus dem Unterholz, drehte suchend seinen riesigen Kopf, der halslos in den gedrungenen, massigen Körper überging. Döring behielt das Gewehr oben und zielte auf den Keiler, der jetzt zu ihm herüberblickte. Die rot leuchtende Warnweste konnte das Tier wegen seiner Farbenblindheit nicht erkennen, trotzdem erahnte es wohl die Gefahr, die von dem Jäger ausging. Mit trippelnden Schritten rannte das Schwein seitlich weg.

Von Nicki hatte Döring sogar gelernt, die Natur mit anderen Augen zu sehen. Stundenlang waren sie in den Klatenbergen und im Heidbusch spazieren gegangen. Nicki hatte ihm Pflanzen gezeigt, die ihm bis dahin noch nie aufgefallen waren. Sie liebte es, durch die Wälder, Felder und Wiesen zu streifen. Ihre Begeisterung für die kleinen Paradiese rund um Telgte berührte Döring. Bislang hatte er die Natur nur unter den Aspekten der Nützlichkeit und der Bebaubarkeit betrachtet. Seine Gedankenwelt gliederte sich in Tonnen, bebaute Quadratmeter und Fahrzeugbewegungen. Den Wert eines Wäldchens, eines Biotops, einer intakten Umgebung hatte er nie in Betracht gezogen. Erst mit Nickis Hilfe war ihm klar geworden, was für ein Kahlschlag die neue Umgehungsstraße bedeuten würde. Als Baudezernent konnte er diese Tangente nicht verhindern. Er war politischer Beamter, nicht Entscheidungsträger. Der Beschluss, die Straße zu bauen, fiel im Stadtrat. Aber er hatte es in der Hand, auf Gefahren und Probleme hinzuweisen, das Prüfverfahren zu verzögern, die Planung so kompliziert zu machen, dass sie womöglich ein paar Jahre auf Eis lag. Bis, ja, bis ein Sinneswandel im Stadtrat oder eine neue Mehrheit das ganze Projekt kippen würde.

In der vergangenen Woche hatte Döring einen ersten Versuchsballon gestartet. Das Erstaunen beim Bürgermeister und den Fraktionsvorsitzenden, als er seine Bedenken gegen die geplante Umgehung äußerte, war nicht zu übersehen gewesen. Und offenbar hatten einige der beteiligten Herren anschließend nichts Besseres zu tun gehabt, als die Nachricht über Dörings Sinneswandel sofort zu streuen. Denn am nächsten Tag klingelte das Telefon auf seinem Schreibtisch fast ohne Pause. Bauern und Bauunternehmer erkundigten sich, ob es zu Verzögerungen kommen könne. Die Angst, den fetten Gewinn beim Verkauf von Grundstücken oder bei der Erteilung von Bauaufträgen zu verlieren, kroch förmlich aus dem Telefonhörer. Döring hielt sich jedoch bedeckt. Sollten sie ruhig eine Weile zappeln und um ihre Geschäfte bangen. Seine Taktik der kleinen Nadelstiche sah vor, dass er die Katze erst nach und nach aus dem Sack ließ.

Eine Bache mit drei Frischlingen trat aus der Dickung. Döring zielte auf die Gruppe, schoss aber noch nicht. Ein paar Meter neben Döring brach ein trockener Ast. Der Baudezernent fuhr herum. Er sah Stiefel und einen Gewehrlauf. Was um Himmels willen wollte dieser Idiot hier? Der Jagdleiter hatte die Wechsel eingeteilt und auf die Sicherheitsbestimmungen hingewiesen. Keiner der Jäger durfte seinen Stand verlassen – schon deshalb, um nicht in den Schusskorridor eines anderen Schützen zu geraten.

„Hey!", rief Döring. „Was machen Sie hier?" Der Gewehrlauf senkte sich nicht, er schwenkte jetzt genau in die Richtung des Rufenden. Noch immer konnte Döring nicht erkennen, wer sich ihm näherte.

„Sind Sie verrückt?", brüllte Döring. „Ich ..." Seine Stimme wurde vom satten Knall des Schusses übertönt.

*

Die Luft schien warm und schwer, obgleich sie erst seit einigen Stunden von der Sonne erhitzt wurde. Joachim Grüngräber war mit dem Fahrrad auf dem Weg zum Wasserwerk, seinem Arbeitsplatz. Auch an einem Sonntag musste dort jemand nach dem Rechten sehen. Schnell fuhr er über den schattigen Boden der Klatenberge. Zwischen den Bäumen schwirrten Mücken. Vergeblich versuchte er, sie durch lächerlich wirkende Armbewegungen von seinem Gesicht fernzuhalten.

Er liebte die geruchlose Luft am Morgen, die um diese Uhrzeit normalerweise seine Lungen füllte. Sie ordnete das Chaos in seinem Kopf, besonders nach solch langen Nächten wie der letzten. Denn am Abend zuvor hatte er nach der Drückjagd noch lange mit seinen Kumpels zusammengesessen. Nur Horst Döring war nicht mehr zum Umtrunk erschienen.

Doch heute war etwas anders als sonst. Die Luft war fast zu schwer zum Atmen. Schon seit er von seinem Haus in der Vogelsiedlung losgefahren war, klebte Grüngräbers T-Shirt klamm vom Schweiß zwischen der Jacke und seinem Rücken.

Unter den Reifen seines Fahrrads brach ein Ast. Das Knacken riss ihn aus den Gedanken und lenkte seine Augen auf die Umgebung. Der Himmel war blau, es versprach ein schöner Spätsommertag zu werden. Kaum ein Auto war unterwegs. Die Sonntagsausflügler würden aber noch kommen, so viel stand fest. Grüngräber waren sie lästig, diese Gut-Wetter-Frohnaturen, die nur nach draußen kamen, wenn die Sonne sie mit ihren Strahlen kitzelte. Er selbst war auch bei Regen und schlechtem Wetter gerne in der Natur, besonders dann.

Nach der letzten Kurve sah er das Wasserwerk: das aus den 50er Jahren stammende Hauptgebäude, die beiden mit Gras bewachsenen Hügel, unter denen sich ein Wasserspeicher und der Reinwasserbehälter befanden, die zwei rechteckigen Absetzbecken. Während er seine Taschen durchsuchte, um die Schlüssel für das große Tor zu finden, beobachtete er das Gelände. Alles war ruhig an diesem Morgen, denn keiner außer ihm hatte Frühdienst.

Er schloss das Tor auf. Es quietschte in der Angel, er würde es gleich ölen müssen. Noch auf dem Weg ins Haus öffnete er seinen Reißverschluss und zog die dünne Jacke aus. An seinem Spind tauschte er sie gegen einen Overall. Wie an jedem Morgen musste Grüngräber zuerst das Reinwasserbecken überprüfen. Randvoll mit zwei Millionen Litern dieses kostbaren Gutes.

Nur regelmäßige Kontrollen gewährleisteten eine hohe Qualität des Wassers und die Zufriedenheit der Kunden. Auf dem Weg dorthin ließ er seinen Blick über das rostig-braune Wasser der Absetzbecken schweifen. Irgendetwas war anders. Es musste an den Augen liegen. An den Augen, die ihm aus dem Wasser leer entgegenstarrten.

2.

Jochen Kroll wachte einige Kilometer südlich von Telgte mit Rückenschmerzen auf. Wie jeden Morgen. Mürrisch versuchte er, eine entspannte Liegeposition zu finden. Vergeblich. Er stand auf, reckte sich und huschte ins Bad. Nach einer kurzen heißen Dusche ging er zurück ins Schlafzimmer und fischte die Sachen vom Herrendiener, die seine Frau ihm ausgesucht hatte. Heute war es ein dunkelblauer Anzug mit passendem Schlips. Als Anwalt für Wirtschaftsrecht und Notar müsse Jochen Kroll auf sein Äußeres achten, sagte seine Frau.

„Der Kaffee wird kalt", rief sie aus der Küche, und wie immer: „Beeil dich bitte." Dabei war es eigentlich völlig egal, ob er ein paar Minuten früher oder später ins Büro kam. Schließlich war heute Sonntag. Suse Woltner, eine junge Studentin, die gelegentlich in seiner Kanzlei aushalf, würde sowieso schon da sein, ebenfalls Kaffee gekocht haben und hoffentlich einen ihrer tief ausgeschnittenen Pullover tragen. An manchen Tagen war der verstohlene Blick in das Dekolleté seiner Mitarbeiterin das einzig Aufregende in Krolls Anwaltsdasein. Denn er war kein guter Jurist. Eigentlich konnte er nichts richtig gut. Würde sein Vater Herbert ihm nicht regelmäßig Mandanten zuschustern und größere Geldbeträge überweisen, er wäre schon längst bankrott. Auch den schicken Bungalow in Telgtes Randlage und die Kanzlei am Marktplatz hatte Kroll senior seinem Sohn nach dem bestandenen zweiten Staatsexamen feierlich überschrieben und geschenkt. Jochen Kroll ahnte bis heute nicht, dass sein Vater sogar bei seinem Staatsexamen die Finger im Spiel gehabt hatte. Wie bei einer Marionette zog der alte Patriarch aus seiner großen Villa in Düsseldorf die Fäden und ließ den eigenen Sohn nach seinen Regeln tanzen.

Jochen Kroll trank seinen lauwarmen Kaffee, knabberte an dem Toast, den seine Frau ihm gemacht hatte. Es war acht Uhr. Wie gewöhnlich schwiegen sie sich an. Flüchtig drückte er ihr beim Abschied einen Kuss auf die Wange, schnappte sich seine Aktentasche und den leichten Mantel und ging in die Garage. Sein Blick fiel auf die dreckigen Gummistiefel, die er bei der Jagd am Tag zuvor getragen hatte. Er rüttelte kurz am Schloss des Waffenschranks, wie er es jeden Tag aus Gewohnheit tat. Er stutzte. Das Schloss war nicht verriegelt. Er war sich fast sicher, es am Abend vorher abgeschlossen zu haben. Sofort perlte ihm der Schweiß auf der Stirn. Hastig überflog er den Inhalt des Schranks, doch es fehlte nichts. Seine fünf sündhaft teuren Gewehre standen geputzt und geölt in Reih´ und Glied. Liebevoll glitten seine Finger über die kalten Läufe, dann ließ er mit leichtem Kopfschütteln das Schloss zuschnappen und fuhr in sein Büro. Den blauen, dachte er. Sie trägt den blauen.

Den Telefonhörer ans Ohr geklemmt – offensichtlich ein Privatgespräch – saß Suse Woltner an ihrem Schreibtisch im Vorzimmer der Kanzlei. Jochen Kroll grinste sie an. Na also. Doch kein so schlechter Tag. Sie trug den extrem tief ausgeschnittenen blauen Pullover und darunter einen schwarzen Spitzen-BH, der ihre Formen herrlich betonte.

„Einen Moment, bitte“ sagte sie freundlich ins Telefon, deckte den Hörer mit einer Hand zu und lächelte ihren Chef an. „Guten Morgen!“

„Ja, ja. Bringen Sie mir bitte die Akte Umgehungsstraße!“ Im Vorbeigehen warf Kroll einen weiteren Blick auf die Rundungen der 21-jährigen Studentin, die für ein halbes Jahr vormittags bei ihm jobbte, um ihr Studium zu finanzieren. Er arbeitete eigentlich ganz gern sonntags, weil keine Anrufe störten und er sich nicht mit seiner Frau langweilen musste. Heute war auch Suse gekommen, weil sie gemeinsam Verträge vorbereiten mussten. Die Zeit drängte.

Sie brachte ihm die Akte und einen heißen Kaffee, dann ging sie wieder, und er war allein. Allein mit seiner Akte. Seinem Coup für die nächsten zwei bis drei Jahre. Wenn alles klappte. Doch seine Chancen standen seit kurzer Zeit nicht mehr so gut. Wie immer sah es so aus, als würde ihm das Schicksal kurz vor dem Ziel noch Steine in den Weg legen. Über drei Jahre lang hatte er seine ganze Energie darauf konzentriert, als Gewinner beim Bau der neuen Umgehungsstraße dazustehen. Er hatte gefleht und gebettelt, geschmeichelt und bestochen. Am Ende hatte er tatsächlich ein gutes Dutzend Mandanten, die den Verkauf ihrer zum Teil bebauten Grundstücke an den Bund über seine Anwaltskanzlei abwickeln lassen wollten. Es ging um Millionen, und ein schöner Prozentsatz davon würde in seine Tasche wandern. Endlich einmal würde sein Vater stolz auf ihn sein. Wenn nicht... Sein Gesicht verdüsterte sich bei dem Gedanken an den letzten Mittwoch. Wie eine Bombe war die Nachricht eingeschlagen. Und Schuld daran war nur dieses kleine Flittchen, diese Öko-Tusse, diese miese kleine Schlampe. Mit der Faust schlug er auf den Tisch. Er musste sich beruhigen, musste nachdenken. Er ging ans Fenster und schaute auf den kopfsteingepflasterten Marktplatz mit dem bronzenen Ausrufer, der Wind und Wetter trotzte. Wie immer saß ein Stück weiter der alte Trottel auf seiner Bank unter der Kastanie am Alten Rathaus und beobachtete die Leute.

Verzweifelt setzte Jochen Kroll sich wieder an seinen Schreibtisch. Wieso nur musste Döring umfallen? Die ganze Zeit über schien alles klar zu sein. Während einer gemeinsamen Jagd im letzten Herbst hatte er Kroll gegenüber durch die Blume zu verstehen gegeben, dass einem Bau der Umgehungsstraße nichts mehr im Wege stehen würde. Und jetzt das. Der plötzliche Rückzieher letzten Mittwoch. Aus heiterem Himmel. Am liebsten würde er der kleinen Schlampe Nicki eine Ladung Schrot in ihr schönes Gesicht feuern. Ohne Zweifel war sie es, die Döring zum Umdenken gebracht hatte. Der Gedanke daran gefiel ihm so sehr, dass er sich ihr Gesicht vorstellte und mit einem imaginären Gewehr darauf anlegte, zielte und abdrückte. Peng. In dem Moment klopfte es an seiner Tür. „Was denn?", brüllte er in den Raum. Suse Woltner streckte ihren schönen Oberkörper durch die Tür. Sie schien etwas blasser als sonst zu sein.

„Entschuldigung, aber Herr Grüngräber ist am Telefon. Er ist ganz aufgeregt und sagt, es sei wichtig. Es geht um Horst Döring."

Jochen Kroll nickte und wartete, bis Suse Woltner sein Büro verlassen hatte. Dann nahm er den Hörer ab. „Joachim, was gibt's?"

„Du wirst es nicht glauben, aber Döring ist tot. Erschossen. Gestern. Ich ..."

„Was? Tot? Woher weißt du das?"

„Ich habe ihn gefunden, heute morgen, oh Gott, es war schrecklich, er lag im Wasserwerk." Kroll war plötzlich ganz aufgeregt. Döring tot! Was für ein Glück – vielleicht wendete sich doch noch alles zum Guten. Liebevoll streichelte er den ledernen Deckel seiner Akte.

*

„Kein schöner Anblick", sagte Karin Jochimsen mit ihrer Reibeisenstimme und trat eine Zigarette neben dem Leichenwagen aus. Das Geräusch, mit dem der Reißverschluss des Leichensacks zugezogen wurde, hatte etwas Endgültiges. Die Kriminalhauptkommissarin aus Münster sah sich außerhalb der Polizeiabsperrung um. Innerhalb des abgesperrten Bereiches wimmelte es von Technikern der KTU. Sie stöhnte.

„Keine Zeugen, jede Wette. Zu einsam hier. Abwarten, ob die Spurensicherung was herausfindet. Und was der Herr Gerichtsmediziner sagt."

Sie sah ihren jungen Kollegen Dirks an und fischte eine weitere Zigarette aus ihrer viel zu warmen Jacke. „Na, Michael, was haben wir bis jetzt?", fragte sie und inhalierte tief. Mit seinen 34 Jahren hatte Michael Dirks zwar schon zehn Jahre Polizeidienst hinter sich, doch dieser Fall war sein erster Mord. Üblicherweise jagte er Graffiti-Sprayer, jugendliche Einbrecher, die Musikinstrumente aus der Musikschule stahlen, oder Handtaschendiebe in Telgtes Innenstadt.

„Tja", sagte er und schaute auf seine dreckigen Schuhe. „Der Tote heißt Horst Döring, 52 Jahre alt und verheiratet. Keine Kinder. Er war Baudezernent und stellver..."

„Kollege Dirks." Karin Jochimsen klang ungeduldig. „Die Tat. Was wissen wir über die Tat?"

„Nichts – ich meine natürlich nicht nichts, sondern ..." Er sah seine 13 Jahre ältere und in Sachen Mord viel erfahrenere Kollegin an. „Tut mir leid, das ist mein erster Mord, was meinen Sie?"

Ein Hauch von Mitleid huschte über ihr Gesicht, dann lächelte sie und fügte den drei Zigarettenstummeln zu ihren Füßen einen weiteren hinzu. „Horst Döring war gestern einer von acht Jägern. Die Jagd dauerte drei Stunden. In etwa. Er wurde also während oder nach der Jagd erschossen. Vermutlich aber während der Jagd, weil ein Schuss danach zu auffällig gewesen wäre. Der oder die Täter haben ihn sofort oder später zum Wasserwerk geschafft. Wo man ihn mit Sicherheit schnell finden würde. Schnell finden sollte. Es sei denn, der oder die Mörder wussten nicht, dass Grüngräber jeden Tag im Wasserwerk nach dem Rechten schaut. Keiner der acht Jäger hat ein wasserdichtes Alibi. Jeder hatte die Möglichkeit, seinen Platz zu verlassen. Auch ein Außenstehender könnte die Tat begangen haben, obwohl das eher unwahrscheinlich ist. Zu riskant zwischen all den Treibern und Jägern. Aber nicht unmöglich. Die Untersuchung der verwendeten Gewehre wird zeigen, ob damit die Tat verübt wurde. Glaube ich aber nicht – das wäre schon ein dummer Mörder oder eine Tat im Affekt.“ Karin Jochimsen schaute zu Dirks auf. „Und?“

Michael Dirks war beeindruckt. Diese unscheinbare kleine Kommissarin mit den zum Dutt gebundenen grauen Haaren würde in Telgte auf Mörderjagd gehen.

3.

Es herrschte eine ungewöhnliche Stille im Wald, die nur durch die Zurufe der Ermittler gestört wurde; selbst die Vogelwelt schien sich angesichts der Geschehnisse respektvoll zurückgezogen zu haben. „Wir sperren das ganze Revier", ordnete Jochimsen an. „Keine Jogger mehr, keine Spaziergänger, keine Pilzsammler und Liebespärchen, bis wir den Tatort haben. Und Dirks", sagte sie, „bevor Sie es sagen, mir ist klar, dass die Klatenberge sehr weitläufig sind. Ich will eine Hundestaffel und eine Hundertschaft zur Durchsuchung des Waldes." Dirks bestätigte den Auftrag und dachte: „Ja, du kannst mich Harry nennen."

Die Untersuchung des Fundortes würde noch einige Zeit in Anspruch nehmen. Fotografien wurden angefertigt, Boden- und Wasserproben genommen und eine Analyse der Schleifspuren durchgeführt. Die Kugel hatte den Körper des Toten in Brusthöhe durchbohrt und war wieder ausgetreten. Im Bereich des Wasserwerks hatte man das Projektil nicht gefunden. „Hier kommen wir im Augenblick nicht weiter", resümierte Karin Jochimsen. „Ich fahre mal ins Dorf."

„Was wollen Sie denn in Westbevern?", fragte Dirks verwundert.

„Westbevern? Nein, nach Telgte, meine ich. Ach ja, Sie nennen es Stadt. Wir müssen später zur Ehefrau des Opfers. Aber zuerst mache ich meinen Rundgang. Habe ich Ihre Handy-Nummer?"

Ohne die Antwort abzuwarten, verschwand sie im Dienst-Audi. Nach wenigen Metern erreichte sie die Landstraße.

Hier hatten sich bereits Schaulustige eingefunden. Manche standen auf ihren Fahrzeugen und blickten neugierig in Richtung Wasserwerk. Allein die Polizeiwagen hatten Aufmerksamkeit erregt. Bis auf Grüngräber, der die Leiche gefunden hatte, wusste noch niemand vom Tod Dörings. Dirks hatte ihn zum Stillschweigen verpflichtet.

Sie sah einen uniformierten Kollegen, der mit deutlichen Gesten versuchte, einen Reporter vom Gelände zu weisen. Emsbote, stand in großen Lettern auf seiner roten Umhängetasche. Was wollte der denn schon hier ? Überall das Gleiche, dachte die Kommissarin und griff nach einer Zigarette. Zu ihrem Leidwesen war seit einigen Wochen ein Rauchverbot auch in den Dienstfahrzeugen angeordnet worden. Ihr Protest wurde mit dem Hinweis auf ein generelles Rauchverbot in allen öffentlichen Gebäuden abgetan. Lächerlich, diesen alten Audi als öffentliches Gebäude zu betrachten. Außerdem, wer könnte sie heute schon erwischen?

Karin Jochimsen lenkte ihr Fahrzeug in die Innenstadt und suchte einen Parkplatz. Ist doch nett hier, dachte sie, so still und beschaulich. Die Glocken läuteten, einige Paare waren Hand in Hand unterwegs, eine Gruppe Fahrradfahrer radelte lachend an ihr vorüber. Ihr Blick fiel auf eine Bronzeskulptur, die wie ein Wächter vor dem Museum stand. In der Hand trug er eine kleine Schachtel, die wie ein Geschenk wirkte. Diese Liebe zum Detail hatte sie an Telgte schon immer fasziniert. Sie kannte den Ort aus früheren Zeiten. Als ihre Tochter noch klein war, waren sie häufig hier gewesen.

Die Kolleginnen und Kollegen nannten ihn den „Jochimsengang“, und meinten damit ihren kleinen Rundgang, den sie in den Orten so früh wie möglich vornahm, denn nach dem Bekanntwerden der Geschehnisse war nichts mehr wie vorher. Sie wusste, dass die Menschen in einer Kleinstadt anders auf einen Mord reagierten. Die Anonymität fehlte hier. Und so meinten sie, selbst betroffen zu sein, so als wären sie am Verbrechen beteiligt. Und manchmal stimmte es sogar.

Beinahe hätte sie den älteren Mann auf der weißen Bank am Marktplatz für eine Skulptur gehalten, so unbeweglich verhielt er sich. Sie zog ihren langen Mantel enger und wollte einen Moment verweilen.

„Können Sie nicht woanders qualmen?“, drang es an ihr Ohr. Der alte Mann streckte sich empört und klopfte nachdrücklich mit seinem Stock auf das Pflaster.

„Entschuldigung“, entfuhr es ihr, und sie war selbst verwundert darüber, kümmerte sie sich doch sonst nicht um das Geschwätz der Nichtraucher. Sie ging ein paar Schritte zurück und lehnte sich an die Hauswand. „Ist es immer so still hier am Sonntag?“, versuchte Jochimsen das Gespräch aufzunehmen. Der Mann wirkte fast erschrocken über ihre Frage. Er wandte sich ab und schlug die Zeitung auf.

„Dann eben nicht“, dachte die Kommissarin und setzte ihren Weg quer über den Marktplatz fort. Die Bistro-Tische wurden hergerichtet und warteten auf hungrige Mittagsgäste. Ihr Handy gab einen kurzen Ton von sich, und sie vermutete, dass Dirks ihr seine Handy-Nummer geschickt hatte. Sie rief ihn an, um zu erfahren, wie weit die Ermittlungen inzwischen fortgeschritten waren.

Dirks berichtete, dass die KTU derzeit die Büchsen sämtlicher Jagdteilnehmer untersuche. „Das Kaliber 30-06 ist gängig für Drückjagden auf Schweine. Vermutlich wurde es auch hier benutzt“, gab er die Erklärungen des KTU-Leiters weiter. Die Aktion würde einige Zeit dauern. Die Kommissarin gab noch einige Anweisungen und verabredete sich mit Dirks in der City, wie sie den Stadtkern ab jetzt ausdrücklich bezeichnete. Sie setzte ihren Erkundungsweg fort.

Punkt 15 Uhr ratterte Dirks Motorroller über das Kopfsteinpflaster auf den Marktplatz. Er strich seine Uniform glatt und trabte auf Karin Jochimsen zu.

„Lieber uniformiert als uninformiert", sagte diese und grinste. Sie hatte den Platz des Mannes auf der weißen Bank eingenommen. „Hier saß vorhin ein alter Mann mit einer karierten Kappe, kennen Sie den?"

„Klar, das ist der alte Meierbrink. Der hat hier früher im Rathaus gearbeitet, direkt hinter Ihnen. Er kann sich wohl nicht trennen. Der sitzt hier immer rum, kennt jeden und jeder kennt ihn. Er ist aber mehr gefürchtet als geliebt. Übrigens, die Kollegen sind um 17 Uhr vor Ort. Die Hundestaffel ist einbestellt, und einen Vernehmungsraum im Rathaus habe ich auch schon organisiert", erklärte Dirks stolz. Anerkennend lächelte die Kommissarin ihren jungen Kollegen an.

„Dann müssen wir wohl", sagte Karin Jochimsen.

Dirks wusste, was sie meinte. „Wie machen wir es?", fragte er leise. „Die Mahlberg kenne ich, was die Sache nicht einfacher macht."

„Da gibt es kein Rezept", sagte die Kommissarin, „wir müssen der Situation angepasst handeln. Das Überbringen schlechter Nachrichten gehört dazu. Lernt man das heute nicht mehr?"

Dirks hatte schon manchmal nach Unfällen oder Überfällen schwierige Gespräche mit den Betroffenen führen müssen. „Doch", sagte er und war froh, dass er sich dieses Mal nicht allein auf den Weg machen musste.

Sie erreichten die Villa Döring an der Herrenstraße und klingelten. Die blonde Frau, die an der Haustür erschien, wirkte wie eine Gestalt aus Dallas oder Denver. Die zarten Füße waren in rosa-weiße Püschelpumps gesteckt, das farbgleiche Stirnband passte perfekt zum Lippenstift, der ihren schönen Mund betonte. Die gestylten Haare und das perfekte Make-Up zeigten, dass sie nicht gerade erst dem Bett entstiegen war.

„Ja bitte?", sagte sie fragend und trat einen Schritt zurück.

„Guten Tag, Frau Mahlberg“, preschte Dirks nervös vor. „Das ist Hauptkommissarin Jochimsen aus Münster, mein Name ist Dirks, von der Polizeistation hier in Telgte. Wir würden gern mit Ihnen sprechen.“

„Wenn Sie zu meinem Mann wollen, müsste ich nachsehen, ob er da ist“, sagte Barbara Mahlberg.

„Dürfen wir reinkommen?“, fragte der Polizist.

Sie betraten die Halle und folgten der Hausherrin ins geschmackvoll eingerichtete Wohnzimmer.

„Bitte nehmen Sie Platz.“ Barbara zeigte auf das Designersofa. „Ich gehe rasch hoch.“

„Frau Mahlberg“, stoppte Jochimsen ihr Tun, „wir haben eine traurige Nachricht für Sie. Ihr Mann wurde tot aufgefunden. Es tut uns leid.“

Die Kommissarin achtete genau auf die Reaktion, die ihre Worte hervorriefen. Aber es gab so gut wie keine. Es mochte an dem Make-Up gelegen haben. Barbara Mahlberg wurde weder blass noch rot. Ihre schönen Augen verengten sich ein wenig, und aus ihrem Mund tönte ein einfaches „Tja“. Dann war es für Minuten still.

Dirks ergriff als Erster das Wort. „Wann haben Sie Ihren Mann zuletzt gesehen?“

„Gestern Mittag. Er hat ein paar Tage Urlaub und war zur Jagd eingeladen. Das ist ein wichtiges Ereignis, wissen Sie. So gegen 12 Uhr ist er aus dem Haus.“

„Haben Sie ihn denn heute Nacht nicht zurückerwartet?“, hakte Jochimsen nach.

„Wir haben seit einiger Zeit getrennte Schlafzimmer, vor allem nach den gesellschaftlichen Ereignissen, bei denen viel getrunken und geraucht wird. Gelegentlich ist Horst auch in der Frühe auf den Ansitz gegangen, und so habe ich ihn bisher nicht vermisst.“ Erst jetzt schien ihr klar zu werden, dass sein Tod untersucht wurde. „Wie ist er ..., ich meine, was ist passiert?“, fragte sie zögernd.

Dirks fasste die Tatbestände kurz und präzise zusammen. Die Witwe des Ermordeten hatte wieder nur ein „Tja“ übrig. „Was passiert jetzt mit ihm?“, fragte sie schließlich.

„Wir müssen Sie bitten, Ihren Mann zu identifizieren. Dazu müssten Sie mit einem Kollegen in das Gerichtsmedizinische Institut nach Münster fahren. Wir werden danach eine Obduktion vornehmen. Morgen würden wir Sie dann ausführlich befragen. Für heute nur noch eins: Hatte Ihr Mann Feinde? Gibt es jemanden, dem Sie die Tat zutrauen?“

Frau Mahlberg schüttelte den Kopf. Eine Reaktion, die die Kommissarin schon kannte. Zunächst können sich die Angehörigen der Ermordeten niemanden vorstellen, der zu einer solchen Tat fähig wäre.

„Können wir noch etwas für Sie tun? Haben Sie Freunde und Verwandte, die sich jetzt um Sie kümmern können?“, fragte Jochimsen fürsorglich.

Barbara Mahlberg winkte ab. Sie würde gern allein sein und sich in Kürze telefonisch melden.

„Tja“, wiederholte Dirks die Reaktion der Witwe. „Ganz schön cool, die Mahlberg.“ Sie gingen noch ein Stück gemeinsam und diskutierten über das gerade Erlebte.

„Morgen wissen wir mehr“, antwortete Jochimsen. „Dirks, lassen Sie uns einen Plan für morgen machen. Ich schlage vor, dass Sie sich zuerst um die Ausstattung des Büros im Rathaus kümmern, PC, Internet, Telefon, Sie wissen schon. Und die Jagdgesellschaft muss bestellt werden. Jede Stunde einen Termin, ab 9 Uhr. Über die Pressestelle werde ich gleich Infos absetzen. Der Staatsanwalt muss in Kenntnis gesetzt werden. Morgen dürften wir auch ein Ergebnis der KTU, der Durchsuchung des Waldstücks haben und hoffentlich auch den Tatort.“

4.

Es war absolut nicht ihr Tag. Das begann schon damit, dass morgens der Dienst-Audi nicht anspringen wollte. Der Motor hustete und spuckte mindestens genauso erbärmlich wie sie selbst, als sie sich vor einer Stunde aus dem Bett geschält hatte. Im Unterschied zu ihr kam jedoch das Auto nicht in die Gänge, sondern verröchelte nach mehreren Startversuchen.

„Nichts zu machen, jedenfalls nicht auf die Schnelle!", meinte einer ihrer Kollegen. Er hatte einen fachmännischen Blick auf die Kontrollleuchten im Fahrerraum und unter die Motorhaube geworfen. Im Innenraum des Wagens hatte er demonstrativ mehrmals schnüffelnd die Luft eingesogen. Nun grinste er sie an und meinte: „Tja, Kollegin, kleine Sünden bestraft der Herr sofort. Da muss die Frau Kommissarin jetzt wohl mit dem Zug nach Telgte fahren."

„Mit dem Zug?!", fragte sie entsetzt. Sie mochte keine öffentlichen Verkehrsmittel, weil sie von niemandem abhängig sein wollte. Nicht mal von einem Zug.

Eine Stunde später saß sie dann doch in der blaugelben Bahn, die gemütlich von Münster in Richtung Bielefeld ruckelte. Sie war froh, dass niemand sehen konnte, wie entspannt sie sich in ihrem Sitz zurücklehnte. Eigentlich ganz gemütlich, so eine Zugfahrt, dachte sie, wenn nur das Rauchverbot der Bahn nicht wäre!

Kurz vor Telgte schlug plötzlich Regen gegen die Scheiben. Vor ihrer Abfahrt hatte sie noch kurz den Telgter Bezirksbeamten Dirks informiert, dass sie mit dem Zug und deshalb etwas später kommen würde.

„Kein Problem", hatte dieser sie beruhigt. „Unsere erste Vernehmung findet erst um 12.30 Uhr statt."

Die Zusammenarbeit mit diesem Dirks versprach eigentlich ganz angenehm zu werden, wenn sie ihn auch ein wenig zu diensteifrig fand. Und nun stand er doch tatsächlich mit einem riesigen Regenschirm am Bahnsteig und bot ihr seinen Arm an, damit sie Schutz gegen den Regen suchen konnte! Karin Jochimsen lehnte brüsk ab. Sie zog es vor, den Mantelkragen hochzuschlagen, auch wenn ihr der graue Dutt bald wie ein nasser Schwamm im Nacken hing.

Auf dem Weg die Bahnhofstraße hinunter bemühte sie sich, mit dem langen Polizisten aus Telgte Schritt zu halten.

„Also, am Telefon sagten Sie, die erste Vernehmung sei um 12.30 Uhr?"

„Ja, die Herren Jäger konnten nicht früher. Es handelt sich um viel beschäftigte Telgter Persönlichkeiten."

„Schon gut, Dirks", beschwichtigte sie ihn. „Aber das Büro ist eingerichtet?"

„Jawohl, ich gehe davon aus, dass PC und Telefon einsatzbereit sind."

„Sehr gut, Dirks", lobte sie ihn.

Daraufhin schien der lange Polizist noch ein Stück zu wachsen, und auch seine Schritte wurden noch länger. Karin Jochimsen geriet allmählich ins Schnaufen. Warum hatte sie nur gerade heute ihre Pumps angezogen?

„Wie ist das eigentlich mit diesem komischen Kauz von der Bank, mit diesem – wie hieß er doch gleich?", stieß sie gepresst hervor. Mittlerweile hatte sie Seitenstechen.

„Fritz Meierbrink meinen Sie?", fragte Dirks zurück.

„Ja, diesen Meierbrink meine ich. Den sollten Sie doch auch zu einem Gespräch bestellen. Ich sagte Ihnen ja, dass ich in meinen Ermittlungen gerne auf solche Beobachtertypen setze. Wann kommt der?"

Der Bezirksbeamte aus Telgte ließ für einen Moment mit der Antwort auf sich warten. „Der kommt nicht", sagte er dann kleinlaut.

Karin Jochimsen blieb unwillkürlich stehen und trat dabei mitten in eine Pfütze. Das Wasser drang augenblicklich in ihren rechten Schuh.

„Was soll das heißen, der kommt nicht?", fragte sie.

„Ja, öh ..." Auch Michael Dirks war jetzt stehen geblieben und unter seinem schwarzen Schirm errötet. „Er hat gesagt, in das neue Rathaus setzt er keinen Fuß."

„Das hat er gesagt?", wiederholte Karin Jochimsen erstaunt.

„Ja", erklärte Dirks. „Der Meierbrink hat früher bei der Stadtverwaltung gearbeitet. Noch im Alten Rathaus am Markt. Den Betonneubau hat er nie gemocht. Er wollte an seinem alten Arbeitsplatz bleiben. Man musste ihn beim Umzug regelrecht auf seinem Schreibtischstuhl rüber tragen. Ja, und deshalb hat er gesagt, wenn die Kommissarin etwas von ihm wolle, solle sie zu ihm auf seine Bank kommen!"

Nachdem der Regen am späten Vormittag aufgehört hatte, wagte Fritz Meierbrink einen Gang zu seinem Beobachtungsposten auf dem Telgter Markt. Ihn trieb die Neugierde. Würde diese kleine, paffende Kommissarin aus Münster zu ihm auf seine Bank kommen – oder nicht?

Fritz Meierbrink schmunzelte zufrieden vor sich hin bei der Erinnerung daran, wie er dem Polizisten Dirks unmissverständlich klar gemacht hatte, dass er nicht gedachte, ins neue Rathaus zu kommen. Er hatte Dirks sogar mit dem Stock gedroht. Das konnte er sich bei ihm erlauben.

Dirks war ein gutmütiger Typ. Er wurde nur heftig, wenn ein Pkw unerlaubter Weise in den Telgter Stadtkern eindrang. Dann wurde er sogar sehr heftig, denn der junge Polizist hatte vor einigen Monaten einen Unfall aufnehmen müssen, bei dem ein kleiner Junge durch ein Auto in der Innenstadt getötet worden war. Deshalb war Dirks ein glühender Verfechter jeglicher Ortsumgehungen.

Die Kommissarin aus Münster konnte Fritz Meierbrink allerdings noch nicht so recht einschätzen, weshalb er eine gewisse Anspannung empfand, als er auf dem Marktplatz ankam. Das Pflaster glänzte vor Nässe nach den Schauern am frühen Vormittag, und Fritz Meierbrink musste sich mit seinem Stock vorsichtig vorwärts tasten.

Doch es herrschte schon wieder buntes Treiben rund um den bronzenen Ausrufer. Ein Telgter ließ sich durch Regen nicht lange von seinen Aktivitäten abhalten. Einige Kinder waren damit beschäftigt, die ersten Kastanien vom Pflaster aufzusammeln, während sich ihre Mütter unterhielten.

Die Bank stand feucht und verlassen da. Fritz Meierbrink zog ein Taschentuch aus seiner Hosentasche und wischte für sich ein Stückchen Sitzfläche trocken. Dann ließ er sich auf seinem Stammplatz nieder und begann zu warten. Er musste nicht lange warten, da näherte sich von der Steinstraße her eine kleine graue Gestalt. Sie zog eine Rauchfahne hinter sich her. Plötzlich blieb sie stehen, warf die Zigarette weg und trat sie auf dem Pflaster aus. Dann steuerte sie auf die Bank zu, wobei sie den rechten Fuß eigenartig vorsichtig aufsetzte. Hatte sie sich verletzt?

Als sie bei Fritz Meierbrink anlangte, fragte sie höflich: „Ist hier frei neben Ihnen?"

„Bitte schön", erwiderte er knapp. Sie setzte sich, ohne sich an der Feuchtigkeit der Bank zu stören. Jetzt sah Fritz Meierbrink, dass ihr rechter Schuh völlig durchnässt war. Wie konnte man auch nur solche Schuhe tragen?!

„Sie wissen, wer ich bin?", fragte die Kommissarin neben ihm.

„Hm", antwortete er noch knapper als auf die erste Frage. Sie sollte es nicht so leicht mit ihm haben.

„Man hat mir gesagt, dass Sie ein guter Kenner Telgtes sind."

„Hm."

„Solche Leute wie Sie brauche ich. Sie haben sich bei meinen Ermittlungen immer wieder als wichtig erwiesen."

„Hm", brummte er wieder, aber er konnte nicht verhindern, dass sich dieses Brummen schon ein wenig wohlwollender anhörte.

„Also, Sie können mir doch sicher etwas über den ermordeten Baudezernenten erzählen?!"

Fritz Meierbrink schluckte. Klar, was konnte er ihr nicht alles erzählen! Aber er wollte nicht zu eifrig klingen. „Also, der ist nicht besser als andere Politiker auch: Heute so, morgen so."

„Was meinen Sie damit?"

„Na ja, erst war er die ganze Zeit für den Bau der Umgehungsstraße, dann war er plötzlich über Nacht dagegen."

„Aha?!" Die Kommissarin meinte dieses „Aha" offensichtlich als Aufforderung, weiter zu sprechen.

Fritz Meierbrink ließ sie noch ein bisschen schmoren. „Nun, das geschah tatsächlich über Nacht, denn der Döring hat sich eine junge Geliebte zugelegt. So eine grüne Studentin!" Fritz Meierbrink legte in die Art, wie er das Wort aussprach, all seine Vorbehalte gegen diese Spezies, die seltsame Ansichten pflegte und ansonsten nur herumfaulenzte.

Die Kommissarin schien sofort zu verstehen, denn sie fragte nach: „Sie meinen also, es hängt mit seiner Geliebten zusammen, dass Döring in der Frage der Umgehungsstraße umgeschwenkt ist?"

„Ja", bestätigte Fritz Meierbrink schlicht. Anscheinend ließ es sich doch ganz vernünftig mit dieser Kommissarin reden. Dann sollte er jetzt vielleicht auch das andere erzählen. „Also: Die Frau von dem Döring, die ist übrigens auch nicht so ohne!"

„Nicht so ohne?“

„Ja, die lässt auch keine Männerbekanntschaft aus.“

„Aha?!“

Fritz Meierbrink wusste, dass die Kommissarin Genaueres wissen wollte, aber ein bisschen Arbeit sollte sie sich schon selbst machen. Einen einzigen Brocken wollte er ihr allerdings noch zuwerfen: „Ja, und dann gibt es da noch eine Exfrau vor der jetzigen Frau Döring. Eine Verwandte von dem Rechtsanwalt Kroll, Elsa Feldmann. Der hat damals die Scheidungssache für sie übernommen, obwohl er ja eigentlich Anwalt für Wirtschaftsrecht ist. Diese frühere Frau hat es nie verwunden, dass Döring sich von ihr getrennt hat ...!“

Kommissarin Karin Jochimsen betrachtete ihren rechten Schuh. Obwohl sie ihn eben in ihrem neuen Büro im Rathaus mit einem Stück des Emsboten ausgestopft hatte, war er noch genauso unangenehm nass wie vorher.

Die Befragung der Jagdgesellschaft hatte sie zunächst nicht weitergebracht, aber nach diesem Gespräch sah die Welt schon wieder ganz anders aus. Vielleicht war das heute doch ihr Tag?!

5.

Svens Handy vibrierte in seiner Hosentasche und forderte ihn mit einem nachhaltigen „Hey ho-let's go" auf, doch endlich wach zu werden. Er hasste es, geweckt zu werden, aber er liebte die „Ramones". Und so ließ er wie jeden Morgen erst den letzten Ton von „Blitzkrieg Bop" verklingen, bevor er seine Augenlider hob. „Ein Hoch auf den Arbeitsschutz", dachte er sich angesichts stechender Rückenschmerzen. Mühsam schob er seine Beine von der schmalen Liege. Er hatte sich gestern die paar hundert Meter von seiner Stammkneipe, der „Schwarzen Ente", zu seiner kleinen Zweizimmerwohnung in der Mühlenstraße gespart. Stattdessen hatte er mit der Notfallliege in den neuen Redaktionsräumen des Emsboten vorliebgenommen. Die Lage am Marktplatz/Ecke Steinstraße war für Sven nahezu optimal. Einen Steinwurf von der „Ente" entfernt zu arbeiten und hin und wieder schlafen zu können, war ein Glücksfall.

Und so war es mal wieder etwas später geworden am Abend zuvor. Kein Wunder am Ende eines solchen Tages. Da musste ausgerechnet an seinem dienstfreien Sonntag der Baudezernent Döring in den Klatenbergen erschossen werden. Der Name Döring war Sven durchaus geläufig, denn er hatte in der letzen Zeit wiederholt über den Bau der Umgehungsstraße im Telgter Süden berichtet, unter anderem auch in Form eines Interviews mit dem Dezernenten des Bauamtes.

Als er gestern vom Fund der Leiche gehört hatte, war Svens erster Gedanke gewesen: „Da pirschen die fast mit der geschlossenen Telgter Bau-Lobby durchs Gebälk und nieten ausgerechnet den Falschen um." Döring hatte neuerdings sein Fähnchen in Sachen Umgehungsstraße radikal gedreht und war zu einem engagierten Gegner des Bauprojektes geworden. Er hatte offensichtlich zunehmend Ambitionen auf einen zehnteiligen Starschnitt im Pöggsken, der Gazette der Grünen in Telgte, entwickelt. Zumindest bis zu dem Zeitpunkt, als er auf der Jagd mit einem jungen Wildschwein verwechselt worden war.

Und so hatte Sven jede Menge Rennerei gehabt. Sein alter Kumpel Michael Dirks, der mit ihm in der SG-Reserve Fußball spielte, hatte ihm telefonisch den Tipp gegeben und dabei einen wirklich aufgeregten Eindruck gemacht. Offensichtlich hatte ihm die Kripo Münster einen ordentlichen Besen von Kommissarin vorbeigeschickt, für die Mickey nun Frondienste leisten musste. Normalerweise arbeitete er höchstens mit dem Verkehrskasper zusammen. Dirks hatte Sven sogar eine Gesprächsminute mit seiner neuen Chefin vermitteln können. Horstmüller hatte allerdings vergeblich versucht, mit ein paar Routinefragen ein wenig Licht in das Dunkel des Tathergangs zu bringen. Leider war Frau Jochimsen nicht gewillt, auch nur eine verwertbare Information an einen aus ihrer Sicht drittklassigen Berichterstatter weiterzugeben. So hatte Sven auf die Frage nach der Tatwaffe nur zur Antwort bekommen: „Sie macht Löcher, ist aber kein Locher!“

Ihm kam diese Frau mit dem Dutt im Haar und der Zigarette im Mundwinkel ungefähr so lustig vor wie ein Schlag in die Fresse. Er hatte noch kurz überlegt, sie nach der Krankheit zu fragen, die sie schüttelte, hatte es dann aber doch vorgezogen, das Feld zu räumen. Vorher hatte er noch ein paar Bilder von den Experten der Spurensicherung geschossen und den Kollegen vom Anzeiger nach einigen Basisinformationen gefragt. Dann war er in die Redaktion am Marktplatz zurückgeradelt und hatte seine Geschichte vom „schokkierenden Mord in Telgte“ runtergeschrieben. In Sachen

Nachrichten sah er sich sowieso ungern als Geier, der sich auf Aas stürzt. Seine News mussten frisch sein wie Pferdeäpfel auf dem Mariä-Geburtsmarkt.

Sven wusste, dass die eigentliche Story das Motiv des Mordes war. Wenn die Tat nicht mit dem Bau der Umgehungsstraße zu tun hätte, dann sollte ihm unverzüglich die Nase abfallen. Blut-Svente, wie sie ihn in der Redaktion nannten, hatte Witterung aufgenommen. Und er spürte förmlich, wie ihm die Buchstaben einer guten Story in die Nase stoben.

Und so war er nach getaner Arbeit wieder einmal die Kapellenstraße hochgeschlendert und in der „Ente“ versackt. Zu allem Überfluss hatten seine Kumpels von dem Club „Pudel Power“ ihren Kegelabend. Und die Jungs waren immer bereit, mit ihm bis ganz unten ins Glas zu schauen.

Sven ging in die kleine Teeküche der Redaktion und brühte sich einen Kaffee mit viel zu viel Kaffeepulver auf. Während der Wasserkocher seine Arbeit aufnahm, warf er sich zwei Hände Wasser um Ohren und Augen. Eine mobile Dusche in Form eines Deosprays und eine Zahnbürste hatten schon vor dem ersten Stift den Weg in seinen neuen Schreibtisch gefunden. Und so blickte er nach erfolgreicher und seiner Ansicht nach mehr als ausreichender Morgenhygiene zufrieden in den Spiegel.

Draußen schepperte die Klappe des Edelstahlbriefkastens. Sven dachte: „Respekt, Tausende Briefträger schwingen Arbeitskampfplakate, und meiner kommt schon vor 10 Uhr!“ Also zog er sich seinen Kapuzensweater über den Kopf, fingerte die Schachtel Camel „ohne“ aus der Lederjacke, nahm den Briefkastenschlüssel vom Schlüsselbrett und ging raus auf den Marktplatz. Vor der Haustür klemmte er sich die Post unter den Arm, kreuzte halbrechts die Straße Richtung Weinkeller und setzte sich auf die Bank. Er hatte einmal den Fehler gemacht, sich seine Zigarette auf der Bank am Alten Rathaus anzuzünden. Der Senior, der dort seinen Stammplatz hat, hätte ihm fast mit dem Gehstock die Kippe aus der Hand gefegt. Seitdem schlug er die andere Richtung ein. Als nun sein Nikotinspiegel die Körperfunktionen auf „on" geschaltet hatte, blätterte er die Briefe durch.

Oh nein, ein handgeschriebener Absender. Bitte nicht wieder einer dieser Leserbriefe zum Fruchtstand junger Eichen oder zum Sinn und Unsinn der Namensvergabe von Stadtteilbahnhöfen. Er lebte wirklich gern in Telgte, aber manchmal kam es ihm auch vor wie in Schilda. Menschen ereiferten sich zu Dingen, die auf einer nach unten offenen Relevanzskala deutlich den Wert von Null unterschritten. Und dann noch handschriftlich. Für ihn waren alle Informationen, die nicht per E-Mail oder Mausklick dem Setzer vorgesetzt werden konnten, ein Fall für den Papiermüll. Absender: Das Auge. Was sollte denn der Mist?

Sven öffnete mit dem Daumen den zugeklebten Umschlag und entnahm den auf kariertem Papier verfassten Brief:

„Der liebestolle Greis starb wohl nicht durch den Genuss von italienischem Eis!
Die Kuh wurde vorgeschickt, und Diddi gab ihr den Namen.
Nonsens! Ohne Ende!
Jetzt läuft die Kuh wieder auf ihrer Wiese. Ohne ihren Bullen.
Und sie weiß, dass das Gras auf ihrer Wiese besonders grün ist.
Grabe in den Gründbüchern unter DH, und du wirst vielleicht der Lösung ein bisschen näher kommen."

„Oh Gott, wer hat denn da wohl zu oft die ‚Drei Fragezeichen' gehört?", dachte er bei sich. Ein Rätsel! Sven kannte sich wirklich gut aus mit Rätseln. Er war passionierter Hörer der drei Detektive aus Rocky Beach und liebte fast jede der mittlerweile 122 Hörspielfolgen. Hoffentlich war es nicht ein unlösbares Rätsel wie: „Was ist grün und lebt am Meeresgrund?“ Auf Mobby Rotz, den grünen Wal, konnte nicht einmal Einstein kommen.

Es dauerte keine fünf Minuten, da hatte Sven zumindest das Einstiegsrätsel geknackt. Okay, das erste war keine besonders harte Nuss! Viele Menschen behaupten, Kneipen seien Horte der Unkultur. Sven aber ging im Falle der „Ente“ vom denkbar besten Umschlagplatz für Informationen aus. Was eine Kleinstadtgemeinschaft gemeinsam an Halbwissen und Gerüchten zusammentrug, konnte die nächsten zehn Ausgaben des Emsboten füllen. Und so hatte er gestern ganz beiläufig am Tresen die Information über ein außereheliches Verhältnis Dörings mit einer jungen Malerin namens Nicki Stracciatella erhalten. Oder Giatelli, wie auch immer ...

Das musste es sein. Wenigstens konnte er jetzt die grobe Richtung der Rätsel bestimmen. Es ging also um den Döring-Mord. Und die Göre sollte keine kleinen gestreiften Schweinchen gesehen oder gar die Flinte gehalten haben – so weit so klar!

Aber wer war die Kuh? Und wer Diddi? Welche Wiese und welcher Bulle? Was bedeutete „Grabe in den Gründbüchern“? Sven überflog erneut seine Notizen vom Vortag. Viel war es nicht, aber dennoch ging ihm plötzlich ein Licht auf. Er stolperte über den Namen des Wasserwerkmitarbeiters, der den toten Döring gefunden hatte.

Grüngräber ... Joachim Grüngräber. „Klingt für mich sehr nach ‚Grabe in den Gründbüchern‘.“

„Okay Joachim, ich denke, wir sollten mal telefonieren.“

Sven nahm das Örtliche, suchte die Nummer von Joachim Grüngräber heraus und wählte. Er hörte das Freizeichen ... Dreimal.

Dann meldete sich eine abgespannt klingende Stimme am anderen Ende der Leitung:

„Joachim Grüngräber.“

„Guten Morgen, Herr Grüngräber. Hier spricht Sven Horstmüller vom Emsboten, darf ich Ihnen ein paar Fragen zum Döring-Mord stellen?“

„Muss das sein? Ich habe die Nacht kaum geschlafen! Ich habe immer noch das Bild vor mir. Die leeren Augen, die mich aus dem Becken anglotzen. Schrecklich, wir singen und jagen seit Jahren miteinander.“

„Herr Grüngräber, ich hoffe, Sie können mir ein bisschen mehr erzählen als die ermittelnde Kommissarin. Sorry, aber diese Frau Jochimsen hat offensichtlich ein gestörtes Verhältnis zur Presse. Ich finde, die Telgter Bürger haben ein Recht auf gute Informationen. Sie setzen Ihnen ja auch kein verdrecktes Wasser vor, oder?“

„Soll Sie doch den Harry Kirchhoff mal ausquetschen!“

„Kirchhoff?“, hakte Horstmüller nach.

„Ja, Harald Kirchhoff, so etwas wie Dörings rechte Hand im Bauamt. Ich habe ihm auf der Drückjagd meinen Schlüsselbund gegeben. Der sollte meine Ersatzflinte aus dem Auto holen. Ich weiß nicht, was der gemacht hat, aber der ist unwahrscheinlich lange weggeblieben.“

Sven hatte vorläufig genug gehört. „Herr Grüngräber, vielen Dank für die Informationen. Ich werde sie natürlich vertraulich behandeln.“ Er lehnte sich zufrieden zurück.

„Harry Kirchhoff, wir müssen uns dringend unterhalten.“

6.

Barbara Mahlberg-Döring schaute genervt auf ihre Armbanduhr. Gott sei Dank, ihr Kurs „Entspannung durch Hirnfrequenz-Senkung“ würde in zehn Minuten zu Ende sein. Die Teilnehmer lagen gelöst auf ihren Ruhesesseln im „Institut für Schönheit und Entspannung“. Frau Seela war offensichtlich schon eingeschlafen.

Im Moment war im Geschäft so viel zu tun wie noch nie. Alle wollten die trauernde Witwe von Horst Döring aus nächster Nähe betrachten. Sie gab sich so wie immer. Nach außen wirkte sie ausgeglichen, fast unbeteiligt an den Vorkommnissen um sie herum. Ihre Mimik hatte sie absolut unter Kontrolle. Wie es bei ihr drinnen wirklich aussah, das ging niemanden etwas an.

„Tschüs, Frau Mahlberg, bis nächste Woche Dienstag. Ach nein, der Termin fällt ja aus, wegen Mariä-Geburtsmarkt.“ Die letzte Kundin verabschiedete sich freundlich von ihr.

Als Barbara ihr Kosmetik-Institut am Kardinal-von-Galen-Platz verließ, stand Elsa neben dem plätschernden Brunnen. Mit ihren fettigen aschblonden Haaren sah sie aus wie ein begossener Pudel in Frauengestalt. Elsa, die unsägliche Ex-Frau von Horst Döring, die an ihm klebte wie die Pest. Barbaras alte Schulfreundin.

Durch Elsa hatte sie Horst überhaupt erst kennengelernt. Vor vier Jahren auf dem Klassentreffen. Horst war gleich fasziniert von der schönen Blondine. Barbara war beeindruckt von seinen Karriereplänen. Daraufhin erklärte er seine Ehe mit Elsa für gescheitert. Immerhin kam für einen findigen Anwalt ein neuer Scheidungsfall dabei heraus. Das Verhältnis der beiden Frauen war seitdem etwas gespannt.

„Hallo, Babsi. Sollen wir die paar Schritte zusammen nach Hause gehen?"

„Elsa, am besten sagst du sofort, was du von mir willst. Keine Vorwürfe, kein langes Geplänkel. Darauf habe ich im Moment keine Lust", stellte Barbara klar und warf schwungvoll ihr langes seidiges Haar in den Nacken.

„Ich habe dir nie Vorwürfe gemacht", meinte das Unschuldslamm Elsa. „Horst ist tot. Ich habe mir überlegt, dass wir beide in dieser schweren Zeit zusammenhalten sollten."

„Gemeinsame Interessen verfolgen, meinst du", korrigierte Barbara, und Elsa bestätigte: „Nenn es doch, wie du willst."

Die beiden ungleichen Frauen gingen weiter in Richtung der hoch aufragenden Clemenskirche. Die Spitze glänzte mit kupfernem Schimmer in der späten Sonne. Die Eisdiele mit ihren zierlichen Stühlchen war fast bis auf den letzten Platz besetzt. Mütter mit monströsen Fahrradanhängern stellten ihren Nachwuchs mit Vanilleeis zeitweise zufrieden. Einige Kaffeetrinker grüßten Barbara dezent nickend, um sich gleich wieder abzuwenden. Ein makelloser Tag.

Als sie direkt vor dem Eingang zum Krippenmuseum standen, fiel Elsa scheinbar spontan ein: „Was ich dich noch fragen wollte: Hat Horst eigentlich ein Testament hinterlassen?" Barbara zuckte innerlich zusammen. Lass dir bloß nichts anmerken! Elsa sprach hier ahnungslos einen sensiblen Punkt an.

Nur kein Wort zu Horsts Ex-Frau! Die war in der Lage, ein altes Testament aus ihrer gemeinsamen Ehe aus dem geschmacklosen Strohhut zu ziehen. Blöderweise wäre dieser letzte Wille gültig – falls Barbara die neue Ausgabe nicht fände!

Gestern hatte sie noch das ganze Haus durchwühlt auf der Suche nach dem verflixten Testament. Den Safe hatte sie mühsam aufbekommen, obwohl Horst ein neues Passwort eingegeben hatte. Aber das Testament blieb verschwunden. Noch nicht mal eine Kopie war zu finden.

„Aber sicher hat Horst ein Testament gemacht. Du kennst ihn doch. Immer alles geregelt", versuchte sie, sich ganz normal zu geben. Wo hatte Horst dieses wichtige Dokument versteckt?

Sie musste unbedingt nach Hause. Gegen 18 Uhr wollte die Kommissarin vorbeikommen. Wenn das alles vorüber ist, würde sie ihr einen Gutschein zur Typberatung und Kosmetikbehandlung in ihrem Institut schenken, nahm sich Barbara vor.

*

„Barbara, es war schrecklich!" Harald Kirchhoff war völlig aufgelöst. Er wirkte schmaler und blasser als in seinen schlimmsten Zeiten. Nach der Befragung durch die Kommissarin war er ins Döring-Haus gekommen, um sich bei Barbara auszuweinen. Sie saßen im Garten der Villa mit Blick auf den beschaulichen Arm der Ems; die hohen Büsche gaben das Gefühl, völlig ungestört zu sein. „Wirklich, Barbara, ich glaube, die Kommissarin hat mich in Verdacht." Er stand auf und ging nervös hin und her.

„Jetzt bleib mal ganz ruhig, Harry. Im Moment wird jeder verdächtigt."

„Das ist klar, aber sie wusste auch schon, dass ich die Waffe vom Grüngräber geholt hatte. Einer von den Kumpels hat ihr das gesteckt", klagte er.

„Das ist nichts Ungewöhnliches während der Jagd", versuchte Barbara ihn zu beruhigen. „Daraus kann sie keinen Verdacht stricken."

„Sie hat gefragt, warum wir nicht nach Horst gesucht haben, als er plötzlich fehlte – von wegen Jägerehre."

„Und, warum habt ihr ihn nicht gesucht?", wollte auch Barbara wissen.

„Ach Babsi, es gab doch diese Absprache mit Horst. Der ist doch öfter einfach abgehauen, wenn er was Besseres vorhatte. Da hat sich keiner gewundert. Aber in diesem Punkt lässt die Jochimsen nicht locker. Bin mal gespannt, wie die anderen Kumpels das rechtfertigen", meinte Harald. „Der Sven vom Emsboten hat auch schon angerufen, aber da hättest du mal meine Mutter erleben sollen. Die Familie Kirchhoff in der Presse! Die wäre ihm fast durch den Hörer gesprungen."

„Harry, das Wichtigste ist, dass du nicht die Nerven verlierst. Denk an die Pläne, die wir zusammen geschmiedet haben. Wenn du jetzt zusammenbrichst, ist alles aus, willst du das?"

„Natürlich nicht! Ich habe aber schon Schlafstörungen", klagte Harald. „Ich habe eine Scheißangst. Meine Mutter," jammerte er, „ich glaube, sie ahnt etwas. Wenn ich ihr doch alles erzählen könnte."

„Bloß nicht!", entfuhr es Barbara eine Spur zu laut.

„Was soll Herr Kirchhoff bloß nicht seiner Mutter erzählen?" Die energische Stimme kam aus der Richtung des kleinen Stegs an der Ems. Die Kommissarin war überraschend mit dem Boot über die Ems gekommen. Ein dicker Polizist hatte sie gebracht. Er versuchte, sich seine schwitzende Stirn am Ärmel der Uniform abzureiben und dabei die Kontrolle über die Paddel nicht zu verlieren. Das Boot schwankte gefährlich, als Karin Jochimsen umständlich ausstieg.

„Ach, das ist ein ganz anderes Thema." Barbara lief zum Steg und reichte der Polizistin helfend die Hand.

„Wir sprachen gerade darüber, wie Herr Kirchhoff seinen nächsten Urlaub plant. Jagd in Weißrussland. Das erste Mal nicht Wandern im Chiemgau mit seiner Mutter. Er sollte ihr das schonend beibringen, was denken Sie, Frau Jochimsen?"

„Ich denke, dass wir uns unterhalten sollten. Herr Kirchhoff, bitte halten Sie sich zu meiner Verfügung. Ich werde Sie gleich im Anschluss an das Gespräch mit Frau Mahlberg zu Hause aufsuchen."

„Frau Mahlberg-Döring, Ihr erster Ehemann ist ebenfalls eines unnatürlichen Todes gestorben."

Die Kommissarin und Barbara waren für die Befragung in den Wintergarten gegangen. „Ja, leider stimmt das. Es war ein tragischer Unfall", erwiderte Barbara. „Unsere Ermittlungen haben ergeben, es geschah beim Fallschirmspringen?"

„Ja, das ist richtig. Er war berüchtigt für seine waghalsigen Sprünge." Barbaras erste Ehe war ein eisenhartes Training im Zusammenleben mit den Männern gewesen. Wenn sie ihm morgens ungeschminkt begegnete, brachte er den Spruch: „Mal dir mal ein Gesicht rein!" Fürwahr ein charmanter Zeitgenosse!

Am späten Abend klingelte es mit melodischem Ding-Dong. Barbara machte die schwere Eichentür auf. Seit dem Mord wurde ihr Haus ein Treffpunkt der Horst-Döring-Verehrerinnen. Draußen stand schon wieder eine. Barbara ahnte auf den ersten Blick, mit wem sie es zu tun hatte. Sie war jung, fast noch ein Mädchen. Ein hübsches, zart gebräuntes Gesicht. Die Augen hatte sie mit einem grünen Kajal-Stift dick umrahmt. Eine „alternative Öko-Tante" hätte ihre Freundin dazu gesagt, aber niedlich, unkonventionell irgendwie.

„Frau Mahlberg, ich möchte mit Ihnen reden", begann sie mit einem herrischen Ton in ihrer Stimme, den man ihr nicht zugetraut hätte. „Mein Name ist Nicki Giatelli. Wir haben etwas gemeinsam."

„Bitte kommen Sie herein; was wir besprechen, braucht keiner mitzuhören", lud Barbara ein.

„Wie kommen Sie auf die absurde Idee, dass Horst mich verlassen wollte?“, fragte Barbara. Die beiden Frauen saßen sich auf den weißen Ledercouches gegenüber.

„Horst hat mit mir darüber geredet. Er hat in mir einen Ort für seine Probleme gefunden, und ich habe ihn aufgefangen“, erzählte Nicki stolz.

„Hören Sie mal“, entgegnete Barbara, „ich will Ihnen jetzt nicht damit kommen, dass Männer immer bei Frauen Verständnis suchen, neben dem körperlichen Vergnügen natürlich.“

„Bei uns war das etwas völlig anderes. Wir haben uns auf einer ganz anderen Ebene getroffen, als Seelenverwandte“, meinte die Kleine.

„Ach, Seelenverwandte, das waren wir auch mal. Leben Sie erst mal ein paar Jahre mit einem Mann zusammen, dann löst sich die tolle Seelenverwandtschaft im Alltagstrott auf.“

„Schade für Sie, wahrscheinlich haben Sie das noch nie erlebt“, bemitleidete Nicki ihre Kontrahentin.

„In dem Bereich gibt es fast nichts, was ich noch nicht erlebt habe.“

Barbara verlor allmählich die Lust an dem Geplänkel. „Haben Sie niemanden, dem Sie Ihre Hedwig-Courts-Mahler-Geschichte erzählen können? Muss es unbedingt die Witwe Ihres toten Liebhabers sein?“

„Horst hat mir einen Beweis seiner Liebe hinterlassen“, spielte Nicki nun ihre Trumpfkarte aus.

„Was??“, konnte Barbara sich nicht verkneifen, „hat er einen Gedichtband von Rilke für Sie abgeschrieben, wollte er mit Ihnen nach Neuseeland auswandern, oder ... sind Sie etwa schwanger? Das kann wohl nicht sein. Horst ist seit vielen Jahren unfruchtbar, mit Brief und Siegel erwiesen.“

„Nein, ich bin nicht schwanger“, trotzte Nicki: „Er hat am Abend vor seinem Tod etwas in meiner Wohnung vergessen. Ein Dokument." Sie nahm einen gefalteten Zettel aus ihrer Filztasche. „Hier bitte, lesen Sie, Frau Mahlberg."

Barbara erkannte das Dokument sofort wieder. Es war das Testament, das sie so verzweifelt gesucht hatte. Mit dikkem Filzstift hatte Horst in seiner krakligen, steilen Handschrift quer über das Blatt einen Zusatz gemacht:

„Tut mir Leid, Babsi – ungültig!"

7.

Da war doch was! Urplötzlich schreckte Nicki Giatelli aus dem Schlaf hoch. Sie hatte das unbestimmte Gefühl, etwas gehört zu haben. Aber was? Sie blieb wie versteinert liegen und lauschte. Da! Da war schon wieder was, es hörte sich an, als ob jemand in der Wohnung wäre. Nicki wagte nicht zu atmen.

Schon wieder, das alte Holzparkett hatte geknarrt. Oder bildete sie sich das alles nur ein?

Schließlich konnte sie immer noch nicht fassen, dass ihr Schatz ermordet worden war. Sie hatte sich bestimmt getäuscht. Nein! Hatte sie nicht, jetzt hörte sie auch noch Schritte. Es musste jemand im Haus sein. Jetzt nur keine Panik kriegen, versuchte Nicki sich selbst zu beruhigen. Wahrscheinlich war es nur Suse, ihre WG-Mitbewohnerin. Doch das konnte nicht Suse sein. Sie wusste, wie sich Suses Schritte anhörten, schließlich waren sie seit Jahren beste Freundinnen. Und warum sollte Suse nachts durchs Haus schleichen?

Nicki spürte förmlich, wie die Panik sich in ihrem Kopf festzusetzen versuchte, und als jetzt auch noch ihre Zimmertür geöffnet wurde, brach ihr der kalte Schweiß aus. Die Schritte kamen immer näher und näher und näher. Nicki befürchtete das Schlimmste: „Jetzt ist es vorbei, jetzt ergeht es mir genauso wie meinem Schatz."

Die Schritte stoppten genau vor ihrem Bett. Sie spürte, wie etwas Kaltes auf ihre Schläfe gelegt wurde. Sie kniff die Augen fest zusammen und wartete nur noch auf den Schuss.

Doch der blieb aus. Stattdessen hörte sie, wie sich die Schritte wieder entfernten. Ja, sie rannten geradezu aus ihrer Wohnung, und kurze Zeit später fiel die Haustür ins Schloss.

Erst langsam begriff Nicki, was gerade passiert war, und der kalte Gegenstand lag immer noch auf ihrer Schläfe! Sie traute sich nicht, sich zu bewegen. Vielleicht war es ja eine Art Granate, die losging, sobald sie sich bewegte.

Was sollte sie jetzt machen? Nicki lag bewegungslos und hellwach in ihrem Bett.

„Okay, Nicki Giatelli, du kannst hier nicht ewig so liegen bleiben. Vielleicht ist es ja gar nicht so schlimm zu sterben. Vielleicht siehst du dann deinen Schatz wieder."

Doch eine andere Stimme in ihrem Kopf sagte ihr, dass sie noch zu jung sei, um zu sterben. Sie hatte doch noch so viel vor! Aber was blieb ihr übrig? Sollte sie vielleicht nach Suse rufen? Suse und sie kannten sich, seit sie klein waren.

Die beiden waren wie die zwei Seiten einer Münze, völlig verschieden und doch unzertrennlich. Suse hatte ihr immer beigestanden, und jetzt sollte sie sie womöglich mit in den Tod reißen? Nein, das hatte Suse nicht verdient! Also hob Nicki ihre zitternde Hand und führte sie langsam Richtung Schläfe. Sie glaubte schon, vor lauter Zittern den Gegenstand nicht fassen zu können, doch dann nahm sie ihn und schleuderte ihn in Richtung Fenster.

Gleich danach hielt sie sich die Ohren zu und wartete auf den Knall. Doch alles blieb still.

Langsam öffnete sie die Augen und schaute zum Fenster. In dem Dämmerlicht, das durch die Scheibe in ihr Zimmer fiel, konnte sie nicht viel erkennen. Trotzdem war sie heilfroh über die Angewohnheit, ohne geschlossene Rollläden zu schlafen. Sonst wäre es hier jetzt wahrscheinlich stockduster. Auf jeden Fall war es keine Granate, denn die wäre schon längst losgegangen. Aber was war es dann? Nicki nahm noch einmal all ihren Mut zusammen, knipste ihre pinke Nachttischlampe an und ging zum Fenster.

Erst wusste sie nicht so recht, was dort auf dem Boden lag, doch als sie es erkannte, sackte sie vor Erleichterung zusammen. Sturzbäche brachen aus ihr heraus, und ihre ganze Angst schwamm mit den Tränen davon.

Es war ein Medaillon, es war ihr Medaillon. Sie hatte es anscheinend verloren. Aber warum hatte es auf ihrem Kopf gelegen? Und vor allem, wer hatte es dorthin gelegt?

Sie nahm das Medaillon und hielt es ganz fest in ihrer Hand. Es war das wertvollste Geschenk, das sie von ihrem Geliebten bekommen hatte. Innendrin hatte er ein Foto von sich versteckt, damit er immer bei ihr war.

Vorsichtig öffnete sie es. Aber was war das? Da lag ein kleiner weißer Zettel drin. Vorsichtig faltete Nicki ihn auseinander:

„Es ist deine Schuld, dass er sterben musste. Ich werde dein Leben genauso zerstören, wie du meins zerstört hast. Ich werde dich Tag und Nacht beobachten und dir dein Leben zur Hölle machen!! Und das ist ein Versprechen!!!"

Nicki las den Zettel ein zweites Mal. Sie konnte es nicht fassen. Wer hielt sie für schuldig an Horst Dörings Tod?

Nicki fühlte sich auf einmal furchtbar beobachtet. Sie schaute aus dem Fenster: Hatte sich da etwas hinter dem Busch bewegt? Ihr lief ein eiskalter Schauer über den Rükken. Doch so angestrengt sie auch nach draußen schaute, sie konnte niemanden erkennen. Schleppend erhob sich Nicki. Es war bestimmt alles nur ein Albtraum, aus dem sie bald erwachen würde. Doch mit jedem Schritt, den sie in Richtung Küche ging, wurde ihr bewusst, dass es kein böser Traum, sondern die Realität war.

Was sollte sie tun? Als Erstes brauchte sie einen starken Kaffee. 4.36 Uhr zeigten die neongrünen Ziffern auf der Uhr an der kleinen Mikrowelle, die Suse und sie sich gemeinsam gekauft hatten. An Schlaf war nicht mehr zu denken. Sie schlich über den Flur und öffnete leise die Tür zu Suses Zimmer einen Spalt breit. Ihre Freundin schlief tief und fest. Sie selbst schlich zurück in ihr Zimmer, legte sich aufs Bett und starrte stundenlang vor sich hin.

„Was geht hier vor?“ Eine Antwort konnte sie nicht geben. Noch nicht.

Inzwischen war es später Vormittag geworden. Suse schlief noch, hatte einen halben Tag frei, weil sie ausnahmsweise am Wochenende in Krolls Kanzlei ausgeholfen hatte. Bevor sie halb verrückt wurde in ihrer düsteren Gedankenwelt, wollte Nicki frische Luft schnappen. Doch schon nach wenigen Schritten war sie sich nicht mehr sicher, ob es eine gute Idee war. Vielleicht lauerte der mysteriöse Einbrecher hier draußen auf sie.

„Ach Quatsch, wenn er dir wirklich etwas antun will, dann schafft er es auch im Haus, das hat er schließlich eindrucksvoll bewiesen“, versuchte sie sich einzureden.

Nicki wollte in die Stadt, genauer zum kleinen Skulpturengarten hinter dem Heimathaus.

Doch erst einmal hieß es warten, denn die Schranken am Steintor waren unten. Ach, wie gerne säße sie jetzt in diesem Zug und würde einfach alles hinter sich lassen ...

Als sie wenige Minuten später in die Herrenstraße einbog, betrat sie gewissermaßen das Territorium ihrer Nebenbuhlerinnen. Denn hier wohnten sowohl die Ex-Ehefrau als auch die Witwe ihres verstorbenen Schatzes. Letzterer hatte sie gestern einen Besuch abgestattet, um ihr die Nachricht zu überbringen, dass sie leider so gut wie nichts erben würde. War sie es vielleicht, die ihr das Medaillon samt Zettel auf die Schläfe gelegt hatte?

Völlig in Gedanken versunken, merkte sie gar nicht, wie eine Frau mit einem Mops an der Leine auf sie zukam.

„Nicki, nehme ich an“, sagte die Frau. „Entschuldigen Sie, dass ich Sie einfach so anspreche, aber ich habe gestern zufällig gesehen, wie Sie das Haus der Döring betraten.“

„Ähm, ja, aber dürfte ich fragen, was Sie das angeht?" Nicki war völlig perplex. Was wollte diese Frau von ihr? Da fiel es ihr wie Schuppen von den Augen. Klar, das musste Elsa Feldmann, die Ex-Ehefrau ihres Schatzes, sein.

„Nun, wissen Sie, ich fand ja sowieso, dass Barbara und Horst überhaupt nicht zusammengepasst haben. Ich bin mir sicher, dass sie ihn nur wegen seines Ansehens und seiner Position geheiratet hat", sprach Elsa weiter. „Horst war ein Mensch, der Abwechslung brauchte, deswegen unterhielt er auch seine Affären. Eine Frau wurde ihm schnell zu langweilig, und allen hat er stets versprochen, sich von seiner Ehefrau zu trennen. Dabei hätte er das nie getan. Horst war ein Mensch, der alles dafür tat, um nach außen hin den tadellosen Ehrenmann zu geben. Er hätte niemals eine Frau geheiratet, die seinem Ruf schaden könnte. Wirklich geliebt hat er diese jungen Dinger auch nie."

„Sie sind doch bloß eifersüchtig! Horst hat mich geliebt, das wissen Sie ganz genau. Er hat mir Beweise für seine Liebe hinterlassen."

Nicki war so aufgebracht, dass sie ohne nachzudenken sprach. „In seinem Testament steht, dass er mir alles vererbt – das Haus, sein Vermögen, einfach alles. Wenn das kein Beweis für seine Liebe ist, dann weiß ich es auch nicht." Nicki hatte die Worte kaum ausgesprochen, da bereute sie es auch schon, denn das zufriedene Grinsen in Elsa Feldmanns Gesicht zeigte ihr, dass ihre Kontrahentin nur auf Informationen aus war, und Nicki war ihr voll in die Falle getappt.

„Mist", entfuhr es Nicki, und sie lief ohne ein weiteres Wort davon.

8.

So ein Mord konnte richtig belebend wirken. Jedenfalls auf Fritz Meierbrink. Fast hätte er seinen Krückstock pfeifend durch die Luft gewirbelt wie dieser Schauspieler in dem Musical „Ein Amerikaner in Paris“. Wie hieß der noch gleich? Da war diese Kommissarin tatsächlich zu ihm, Fritz Meierbrink, auf seine Bank gekommen. Er fühlte sich um Jahre jünger!

Und plötzlich spürte er wieder diese prickelnde Erwartung, die schon Tage vor dem Mariä-Geburtsmarkt über Telgte lag. Er erinnerte sich, wie er als kleiner Junge zwischen den Kirmesbuden und Marktständen herumgelungert war, die nach und nach aufgebaut wurden. Wie er immer wieder prüfend nach den Groschen in seiner Hosentasche greifen musste, die ihm seine Mutter heimlich zugesteckt hatte. Wie er sich jedes Mal schon vorher ausmalte, auf welchem Karussell er fahren oder welche Leckereien er sich leisten würde.

Heutzutage waren ihm der Markt und die Kirmes zu lärmend und grell. Doch noch war es nicht so weit. Zwar ringelten sich schon die gewaltigen Kabel für die Stromversorgung der Buden und Kinderkarussells wie Riesenschlangen zu Füßen des Alten Rathauses. Und es trieben sich auffällig viele Kinder und Jugendliche herum.

Als sich Fritz Meierbrink an diesem Tag seiner Bank näherte, sah er sofort, dass dort ein kleines Mädchen saß. Es hatte lange dünne Haare und eine schiefe Brille auf der Nase. Neben ihm türmte sich ein Stapel Bücher. Das Mädchen saß auf der Bank und las. Eigentlich duldete Fritz Meierbrink niemanden in seinem Revier, außer er hatte diese Person ausdrücklich aufgefordert, ihn dort aufzusuchen! Aber irgendetwas an diesem Kind hinderte ihn daran, mit seinem Stock zu drohen. Vielleicht war es auch nur diese seltsam sentimentale Stimmung, in der er sich heute befand?

Fritz Meierbrink ließ sich schwerfällig neben dem Mädchen nieder. Da geriet der Stapel ins Wanken, und die Bücher kippten in seine Richtung.

„Sind das deine Bücher?“, war alles, was ihm einfiel.

„Nein“, antwortete das Mädchen und beeilte sich, die Bücher einzusammeln. „Die sind aus der Bücherei.“

„Aha“, machte Fritz Meierbrink und wusste nicht so recht, wie er das Gespräch fortsetzen sollte. Schließlich versuchte er es mit: „Was liest du denn da?“, und schielte nach den schwarzen Bänden, auf denen drei Fragezeichen prangten.

Das Mädchen sah ihn über seine Brille hinweg an. „Ach, das sind Krimis. Die sind echt cool. Da kann man immer mitraten. ... Ich bin ziemlich gut im Raten. Und du? ... Warte, ich stell dir mal ein Rätsel.“

Das Mädchen blätterte in dem Buch, das es gerade gelesen hatte. „Hier: Ein Mann liegt tot in der Wüste, der hat nichts an, nur ein Stück Holz in der Hand. Was ist passiert?“

Fritz Meierbrink war ratlos.

„Na?“, fragte das Mädchen herausfordernd.

„Er ist verdurstet.“

„Falsch, das hat Peter auch zuerst gemeint“, klärte das Mädchen ihn auf.

„Peter, wer ist Peter?“ Fritz Meierbrink verstand überhaupt nichts mehr.

„Der zweite Detektiv der Drei Fragezeichen.“

„Aha“, machte Fritz Meierbrink.

Also!?“, forderte das Mädchen ihn ungeduldig auf, weiter zu spekulieren.

„Er ist umgebracht worden, erschlagen vielleicht. Wegen des Holzstücks.“

„Nein, falsch, es war kein Mord. Aber mit dem Holzstück hat's was zu tun!"

Plötzlich packte Fritz Meierbrink der Ehrgeiz. „Der Mann ..." Nur wenige Minuten später hatte er das Rätsel um den nackten toten Mann in der Wüste gelöst.

„So, und jetzt stellst du mir ein Rätsel!", forderte ihn das Mädchen auf.

„Das kann ich nicht", wehrte Fritz Meierbrink ab. „Dein Rätsel war auch nicht selbst ausgedacht."

„Schade", meinte das Mädchen nur, raffte seine Bücher zusammen und stand auf. „Ich kenne jemanden, der kann ganz toll ‚Drei-Fragezeichen-Rätsel' machen ..."

Fritz Meierbrink blieb auf seiner Bank zurück. In seinem Kopf arbeitete es. Plötzlich war eine Erinnerung aufgetaucht aus der Zeit, als er noch in der Stadtverwaltung tätig war, im Liegenschaftsamt der Stadt Telgte. Diese Erinnerung war auch ein Rätsel und es lautete:

Da liegt ein nacktes Grundstück im Süden Telgtes. Und noch eins. Und noch eins. Und eins nach dem anderen wird günstig erworben. Aber sie bleiben nackt, unbenutzt, bis zum heutigen Tag.

Warum hatte jemand diese Grundstücke gekauft? Und wer hatte sie gekauft?

Vielleicht sollte er doch einmal wieder auf den Mariä-Geburtsmarkt gehen! Um sich eine neue Kappe anzuschaffen. Eine karierte wie Sherlock Holmes!

Und vielleicht sollte er doch noch einmal ins neue Rathaus gehen, auch wenn er sich geschworen hatte, niemals mehr einen Fuß in diesen Betonkasten zu setzen. Denn er musste herausfinden, wer die Käufer der Grundstücke im Bereich der geplanten Südumgehung waren. Sollte sich die Frau Kommissarin mit den Döringschen Damen herumschlagen! Er hatte eine neue Spur. Und die würde er selbst verfolgen!

Natürlich konnte er nicht einfach am helllichten Tag ins Liegenschaftsamt marschieren und Einsicht in die Eintragungen fordern. Gerade weil man ihn dort noch kannte. Nein, wenn schon Sherlock Holmes, dann auch richtig! Wie gut, dass er noch einen Schlüssel zum Rathaus besaß, den man damals, als er in Rente gegangen war, vergessen hatte, von ihm zurückzufordern.

Noch in derselben Nacht machte sich Fritz Meierbrink auf den Weg. Der Aufschlag seines Stockes hallte in den ausgestorbenen Straßen ungewöhnlich laut von den Hauswänden wider. Plötzlich war ihm die vertraute Strecke zwischen Bahnhofstraße und Marktplatz erschreckend fremd. Die Figur des Stadtausrufers, die tagsüber nostalgische Kleinstadtatmosphäre vermittelte, wirkte im Dunkeln eher bedrohlich. Gleich würde sie den Kopf heben, die Glocke schrillen lassen und mit mächtiger Stimme eine Hiobsbotschaft verkünden. Selbst die Bank unter der Kastanie schimmerte im Mondlicht gespenstisch weiß und wenig einladend.

Was würde geschehen, wenn er jemandem begegnete? Er hoffte, dieser Jemand würde sich nur ein bisschen wundern und dann denken: Ein alter Mann, der keinen Schlaf findet und deshalb einen nächtlichen Spaziergang macht!

Fritz Meierbrink bemühte sich, ziellos auszusehen, auch wenn er ein Ziel hatte. In seinem Inneren allerdings herrschte Chaos. Wie konnte er sich nur dazu anstiften lassen, seine vertrauten Kreise zu verlassen? Nachts herumzuspuken und mit einem Schlüssel, den er eigentlich gar nicht besaß, ins neue Rathaus einzudringen? War ihm die Rolle des Sherlock Holmes nicht ein wenig zu groß?

Trotzdem setzte er seinen Weg fort, und als er vor dem Seiteneingang des neuen Rathauses stand, gab es endgültig kein Zurück mehr. Der Schlüssel passte noch. Unglücklicherweise hatte er seine Taschenlampe vergessen, doch er fand den Weg zum Archiv des Liegenschaftsamtes auch im Halbdunkel der Nachtbeleuchtung. Als er die Tür zum Archiv öffnete, schlug ihm der vertraute Aktengeruch entgegen. Nun musste er jedoch Licht machen, sonst hätte er die Namen, die er suchte, nicht lesen können. Die Leuchtstoffröhren unter der Decke des fensterlosen Raumes sprangen brummend an.

Fritz Meierbrinks Hände zitterten nur ein ganz klein wenig, als er den entsprechenden Katasterauszug aus dem Stahlregal zog. Natürlich kam das Zittern nur vom Alter!

Er blätterte sich langsam vorwärts. Gleich, gleich würde er die Namen haben! Wer weiß, wer in diesem Buch auftauchte?

Da erlosch das Licht ...

9.

Wütend knallte er das Telefon auf den Tisch. Mit schweißnassen Fingern lockerte er seine Krawatte, zog die unterste Schublade seines Schreibtischs auf und holte den Scotch hervor. Erst als die scharfe Flüssigkeit brennend seinen Rachen hinunterlief, schlug sein Herz ein wenig langsamer. Jochen Kroll nahm einen weiteren Schluck direkt aus der Flasche. Seine Wut blieb unvermindert. Zwei Kunden in zwei Tagen hatte er verloren. In nur zwei Tagen! Und er hatte keine Ahnung, warum seine Klienten absprangen. Hatte ihnen jemand ein besseres Angebot gemacht? Günstigere Konditionen?

Mit Bruns und Dellbrock waren zwei seiner wichtigsten Klienten aus seiner geliebten Akte verschwunden. Eine sechsstellige Summe war verloren. Zähneknirschend nahm er deren Papiere aus dem Ordner, zerriss sie in kleine Stücke und feuerte die Fetzen in den Mülleimer. Wieso nur lief immer alles schief? Konnte das Glück nicht auch einmal auf seiner Seite sein?

Er schlug seinen Lederkoffer auf, warf die schmaler gewordene geliebte Akte Umgehungsstraße hinein und fischte sein Jackett vom Haken.

„Ich fahre ein paar Löcher golfen. Bin für zwei Stunden nicht erreichbar."

Verwundert sah Suse Woltner ihrem aufgebrachten Chef nach. Deutlich konnte sie den Alkohol riechen, den Kroll sonst nie in der Kanzlei trank.

Freundlich nickte der Platzwart ihm zu, als Kroll seinen Wagen abschloss und das Clubhaus des Golfclubs Telgte betrat. Kroll grunzte zurück. Er zog sich um und wusch sich die Hände, um seinem Glück ein wenig nachzuhelfen.

Eine Hand schlug ihm von hinten auf die Schulter. „Na, wie geht's? Laufen die Geschäfte?“, grinste der Besitzer der Hand ihn frech an. Gerrit Beckmann. Auch das noch. Sein größter Konkurrent in Sachen Umgehungsstraße.

„Und, kleines Spielchen gefällig? 20 pro Schlag Unterschied?“, schlug der Bauunternehmer aus Telgte Jochen Kroll vor.

Obwohl Kroll das Geld gleich aus dem Fenster hätte werfen können, nickte er und versuchte, nicht an sein bewundernswert schlechtes Handicap zu denken. Sogar sein ehemaliger Golflehrer hatte ihm unverschämterweise empfohlen, es doch am Anfang einmal mit Minigolf zu probieren. Mit nur einem Schläger. Und kurzen Bahnen.

Insgeheim hoffte Kroll, Beckmann aushorchen zu können. Vielleicht wusste der Chef der Beckmann Bau GmbH etwas über Krolls abwanderungswillige Klienten.

Sie schlenderten an der Terrasse mit den Buchsbaumkugeln vorbei zum ersten Abschlag. Jeder zog seinen Golfbag hinter sich her.

Am vierten Loch lag Kroll bereits mit sechs Schlägen hinten. 120 Euro. Beckmann war bester Laune und grinste jedesmal, wenn Kroll souverän blickend immer wieder den falschen Schläger aus seinem Golfbag zog. Seine Bälle flogen zu weit, zu kurz oder verschwanden für immer im hohen Grün an der Seite

„Man muss das Ziel vor Augen haben“, lehrmeisterte Beckmann, trippelte seinen Stand zurecht, zielte in aller Ruhe und schlug einen weiteren schönen Ball, der nur zwei Meter vom Loch entfernt liegen blieb.

„Und dann einlochen, den Sack zumachen, ganz einfach“, sagte er und versenkte den Ball sicher. 160 Euro. Und Kroll hatte Beckmann noch nichts entlocken können. Doch die

Art und Weise, wie Beckmann seinen Fragen auswich, alarmierte ihn. Beckmann wusste etwas. Ganz bestimmt.

Am letzten Loch, dem neunten, verschlug Kroll mit einem wunderschönen Bogen aus einem knappen Meter Entfernung seinen Ball, bevor er ihn direkt vor dem Loch liegend versenken konnte. Ein paar andere Golfer kicherten hinter vorgehaltener Hand. Er kochte innerlich. Zehn Schläge Unterschied. 200 Euro. Wieder verloren. Feixend hielt Beckmann seine Hand auf. Kroll zählte vier Fünfziger aus seinem Portemonnaie. Mit jedem Schein wuchs sein Hass. Auf sein miserables Golfspiel, auf sein Gegenüber. Beckmann nahm die Scheine, faltete sie zusammen und mit einem triumphierenden Lächeln stopfte er sie Jochen Kroll in die Brusttasche seines Hemdes.

„Du wirst es nötiger brauchen. Jetzt, da Dellbrock und Bruns die Seiten gewechselt haben."

Kroll riss die Augen auf. „Aber ...", stammelte er. Dann verstand er. Plötzlich war alles glasklar. Beckmann! Beckmann selbst hatte Krolls Kunden in sein Boot geholt!

Adrenalin schoss in Krolls Lebenssaft, dann kniff er die Augen zusammen und stürzte sich brüllend auf seinen Peiniger.

„Du Sau", schrie er und schlug wie ein Mädchen mit beiden Armen auf Beckmann ein.

Der Bauunternehmer parierte die lächerlichen Schläge Krolls, dann steckte er die Energie seiner zwei Zentner Körpergewicht in einen einzigen gezielten Schlag an Krolls Kinn. Wie ein gefällter Baum schlug Jochen Kroll auf das kurz geschnittene Gras am neunten Loch. Ein kleiner, weißer Ball kullerte aus seiner Tasche und verfehlte das Loch nur knapp.

„Mieser Verlierer", brummte Beckmann, bückte sich und zog die vier Scheine aus Krolls Hemdtasche wieder heraus.

*

„Gute Arbeit, Dirks, sehr gut", nuschelte Karin Jochimsen in ihren Kaffeebecher. Sie legte das Blatt Papier neben sich auf den Schreibtisch. „Dann wollen wir doch mal sehen, was der Herr Anwalt dazu zu sagen hat." Sie kramte in ihrer Jakke nach dem Handy. Akku leer. Wortlos suchte sie weiter, fand das zweite kleine Mobiltelefon und ließ sich von Michael Dirks die Nummer diktieren. Es läutete am anderen Ende.

„Kroll."

„Jochimsen, Kripo Münster. Guten Tag, Herr Kroll. Ich hätte da noch ein paar Fragen an Sie. Könnten Sie in einer halben Stunde hier im Telgter Rathaus sein?"

Kroll stöhnte. „Ja, natürlich. Wenn es sein muss. Worum geht es denn?"

„Darüber möchte ich am Telefon nicht sprechen. Nur so viel: Es geht um Ihren Vater." Jochimsen zwinkerte ihrem Kollegen Dirks zu.

„Um meinen Vater? Aber was hat der mit dem Mordfall Döring zu tun?", wollte Kroll erstaunt wissen.

„Das werden Sie dann erfahren. Also in einer halben Stunde." Sie drückte auf den roten Knopf des Handys.

20 Minuten später saß ein ziemlich blasser Anwalt mit einem Pflaster am Kinn im provisorisch eingerichteten Büro der Beamtin. Er rieb sich vorsichtig den Kiefer.

„Hingefallen?", fragte Jochimsen mit einem süffisanten Lächeln, öffnete ein Fenster und steckte sich unter missbilligendem Blick von Michael Dirks eine Zigarette an. Kroll sah kurz hoch und verzog das Gesicht.

„Was wollen Sie noch von mir?" „Oh. Ich wüsste zum Beispiel ganz gerne, warum Sie uns verschwiegen haben, dass ihr Vater in die Geschäfte um die Umgehungsstraße verwikkelt ist." Sie achtete genau auf seine Reaktion. Sein Kopf schoss nach oben. „Mein Vater? Das glauben Sie doch selber nicht!“ Kroll war völlig überrascht.

Karin Jochimsen schnappte sich das Blatt Papier vom Schreibtisch, wobei ihre Zigarettenasche einen kleinen Fleck auf dem Teppich hinterließ. Dirks suchte einen Aschenbecher und reichte ihn ihr.

„Herbert Kroll. Konrad-Adenauer Allee in Düsseldorf. Wie viele dieser Herren gibt es dort, was meinen Sie? Er hat zwar versucht, seine Käufe geschickt zu verschleiern, aber“ – ihr Blick wanderte wohlwollend zu Dirks hinüber – „nicht geschickt genug.“

Jochen Kroll hob langsam den Kopf. Sein Blick war seltsam leer. Er öffnete den Mund, um etwas zu sagen, schloss ihn dann aber wieder. Seine Augen wurden feucht. Sein Vater! Kein Wort hatte er zu seinem eigenen Sohn gesagt. Nichts. Hilflos schaute Kroll die Polizisten an. Dann kullerte die erste Träne. Kroll fing an zu heulen. Es war alles zu viel.

10.

Nachdem sie den völlig verstörten Kroll entlassen hatten, machte Karin Jochimsen Mittagspause. Sie leistete sich ein belegtes Brötchen und einen Kaffee „togo", wie das Werbeplakat ihn anpries. Auf der Bank am Alten Rathaus hatte sie den alten Meierbrink erwartet. An seiner Stelle saß dort ein kleines Mädchen mit seiner viel zu großen Schultasche und blätterte in einem Buch.

Jochimsen nahm für einen Moment Platz und schaute unwillkürlich in die Bürofenster von Krolls Kanzlei. Die Vernehmung hatten sie für heute abgebrochen, sie machte bei seinem Zustand wenig Sinn. Die Macke am Kinn des Anwalts war deutlich keine, die man vom Hinfallen bekam, und sie sah noch frisch aus. Was hatte der äußerlich so stark wirkende Typ für innere Konflikte, wenn er auf seinen Vater angesprochen wurde? Sie musste die Dinge erst noch sortieren: Ein Anwalt, der seit Jahren Brachland für billiges Geld aufkaufte, weil er wusste, dass es bald zum teuren Bauland mutieren würde, ein Vater, der dies wissentlich verhindert. Oder lag sie ganz falsch?

Dirks nickte kurz, als sie das Büro wieder betrat, und beendete sein Telefonat. Sie hat schon wieder ihr „Und-was-haben-wir-Gesicht", dachte er und beeilte sich, der Frage zuvorzukommen: „Wir haben einen neuen Fall, oder vielmehr einen, der in den anderen gehört." Fragend sah die Kommissarin ihn an.

„Heute kurz nach 10 Uhr hat eine Mitarbeiterin der Verwaltung den alten Meierbrink im Archivraum gefunden. Er ist niedergeschlagen und eingeschlossen worden."

Das Fragezeichen in Jochimsens Gesicht wurde größer. „Warum erfahren wir das erst jetzt?"

Dirks berichtete weiter. „Der Archivraum wird wenig genutzt, und Meierbrink hat sich nicht getraut, um Hilfe zu rufen. Er ist versorgt und ins Krankenhaus nach Münster gefahren worden. Laut Anruf von dort wird er im Laufe des Nachmittags entlassen. Er hat eine leichte Gehirnerschütterung und eine ziemliche Beule. Den Archivraum habe ich sperren lassen."

„Gehen wir mal hin", sagte die Kommissarin, „und nehmen Sie jemanden vom Haus dazu." Sie liefen durch das Treppenhaus hinauf und gelangten in einen freundlichen Flur, der zum Archiv führte. Ein rotes Band trennte den Bereich ab. Eine Bürotür stand offen, und Jochimsen gab Dirks ein Zeichen nachzusehen, wer sich dort aufhielt. Es war Kirchhoff.

„Herr Kirchhoff, guten Tag. Würden Sie uns begleiten? Wir müssen wissen, ob etwas gestohlen wurde."

Der Raum wirkte düster, trotz Leuchtstoffröhren. Alles sah perfekt geordnet aus. Die Regale und Aktenvorgänge waren beschriftet, und selbst ein Nichtfachmann konnte hier sicher fündig werden. Der Kollege vom Bauamt schaute sich um und erklärte, dass nichts fehle. Eine Spur zu schnell, dachte Jochimsen. Und war sich sicher, dass es kein Zufall war, dass ausgerechnet Harald Kirchhoff diese Aussage tätigte. Der Mann trat etwas zu oft in Erscheinung.

„Die Kollegen von der Spurensicherung kommen in wenigen Minuten", sagte Dirks , „bis dahin noch mal: bitte kein Wort zu keinem, Kirchhoff. Sagen Sie das auch den Kollegen. Ich möchte nicht, dass der Horstmüller gleich wieder auf der Matte steht", fügte er hinzu.

Ein Anliegen, das Kirchhoff teilte, jedenfalls nickte der eifrig. Dirks und Jochimsen verließen das Bauamt. „Einbruchsspuren gibt es übrigens bei keiner der drei Außentüren. Der Täter und auch Meierbrink müssen also einen Schlüssel gehabt haben."

„Die Täterin übrigens auch", korrigierte Jochimsen. „Tschuldigung", antwortete Dirks und nahm sich vor, zukünftig immer auch die weibliche Form zu benutzen.

„Wenn hier alles läuft, gehen wir zu Meierbrink. Vermutlich wird er den Rest des Tages wohl nicht auf seiner Bank verbringen. Ich frage mich, was den veranlasst, hier ins Rathaus zu kommen."

Dirks zuckte mit den Schultern. „Ich geh' noch eine rauchen", sagte Jochimsen, „und dann sollten wir eine kleine Analyse fahren. Was meinen Sie?"

„Ja klar", antwortete Dirks schnell. „Also Analyse fahren", sagte er halblaut vor sich hin und blickte fragend zum Flipchart, das an die Wand gelehnt auf seinen Einsatz wartete.

Jochimsen hatte ausgeraucht und betrat nikotinduftend den Raum. Sie zupfte sich den Dutt zurecht, raffte umständlich ihren Rock und nahm auf dem Besucherstuhl neben Dirks Platz. Sie schauten beide in die gleiche Richtung.

„Wenn wir jetzt noch ein großes Stück Papier und einen Edding hätten, könnten wir anfangen."

Dirks sprang auf und freute sich, dass er richtig gelegen hatte. „Kl. Analyse", schrieb er oben auf das leere Blatt. Wie immer versagte der Edding beim vorletzten Buchstaben. Fluchend suchte er einen neuen.

„Tatort", diktierte die Kommissarin. „Tatzeit, Opfer, Motiv, Verdächtige bisher."

Dirks notierte brav die Themengebiete.

„Wir denken laut, Dirks, und Sie schreiben das Wesentliche auf."

Dirks setzte den Stift neben dem Wort Tatort an, als ginge es darum, das Startzeichen nicht zu verpassen.

„Der Tatort liegt im Revier und ist der zugewiesene Platz Dörings. Er hat sich also an die Regel gehalten und sich nicht wegbewegt. Fest steht, dass Döring aus etwa zehn Metern Entfernung erschossen wurde und seinem Mörder ins Gesicht geblickt hat. Das Projektil wurde in einem Erdwall gefunden. Nach den Ermittlungen hatte sich ergeben, dass aus den Waffen der Jagdgesellschaft nicht auf Döring geschossen worden war. Auch alle anderen Waffen, die die Jäger laut Waffenbesitzkarte haben, kommen nicht in Frage. Des Weiteren haben alle ein Alibi für die Tatzeit, die laut Gerichtsmedizin zwischen 17 und 18 Uhr lag. Zu dieser Zeit hatte sich die Gesellschaft vor dem Jagdhaus getroffen. Die Strekke war verblasen worden. Dass Döring nicht da war, schien niemanden zu verwundern. Der eine oder andere hatte Kirchhoff nach ihm gefragt. Er hatte ausweichende Antworten gegeben, weil er meinte, sein Freund sei zu einem Schäferstündchen aufgebrochen. Was haben wir für Spuren am Tatort?"

Dirks blätterte in den Unterlagen der KTU: „Ein Bonbonpapier, einen Zigarettenstummel, Taschentücher, Kronkorken, Fußabdrücke, allerdings schwache wegen der Bodenbeschaffenheit. Keine Schleif- oder Reifenspuren. Das Gelände ist unwegsam, viele Äste und Bäume liegen kreuz und quer. Nach Kyrill ist dort noch nicht aufgeräumt worden."

„Halten wir fest: Abtransport der Leiche per Fahrzeug nicht möglich. Der Fundort der Leiche, also das Wasserwerk, befindet sich cirka 300 Meter vom Tatort entfernt. Wenn man bedenkt, dass Döring etwa 90 Kilogramm gewogen hat, reduziert das den Täterkreis, zumindest was den Transport betrifft."

„Und den Täterinnenkreis auch", strahlte Dirks.

„Richtig, Dirks, Sie sind auf dem Weg", konterte die Kommissarin.

Dirks malte verlegen das Wort Fundort nach und referierte: „Absetzbecken im Wasserwerk, deutliche Schleifspuren aus Richtung Tor, keine Einbruchsspuren am Tor selbst. Laut Grüngräber war das verschlossen, als er seinen Dienst antrat."

„Wenn er die Wahrheit gesagt hat", resümierte Jochimsen. „Ist Ihnen nicht aufgefallen, wie nervös er bei der Vernehmung war? Richtig zappelig. Also erst mal weiter im Text", sagte sie und sah ihren Kollegen erwartungsvoll an.

„Schlüssel für das Gelände haben: die Stadtwerke in Person einer Frau Heuer, das Bauverwaltungsamt der Stadt und der Leiter des Wasserwerks sowie Grüngräber. Alle Schlüssel wurden untersucht, keiner fehlt."

Unter das Wort Motiv schrieb Dirks ganz eigenmächtig: Wer profitiert von Dörings Tod?

„Gute Frage, Dirks. Gehen wir mal klassisch vor: Der Nachlass: die Ehefrau und die Kinder, die er nicht hatte. Also die nächsten Verwandten, falls er kein Testament gemacht hat. Mit Testament die Begünstigten. Haben wir da schon was?"

„Nein", gestand Dirks, „das steht für morgen auf dem Plan."

„Die Liebe: Drei Frauen spielen eine Rolle. Da ist die Ehefrau Mahlberg-Döring. Witwe, trauernd oder nicht. Da blicke ich noch nicht durch. Auch so ein ... wie Meierbrink sie bezeichnete. Die Exfrau Elsa Feldmann, die wir noch gar nicht verhört haben, ebenso wie die junge Geliebte. Die Geliebte haben übrigens auch einige der Jagdkollegen erwähnt. Es scheint kein Geheimnis zu sein. Schließlich Habgier: Es gibt da die Sache mit der Umgehungsstraße. Kroll könnte eine Rolle spielen, wenn wir das Spiel mit seinem Vater durchblicken. Der Grüngräber hat den Kirchhoff quasi beschuldigt. Vielleicht auch, um von sich abzulenken", beendete die Kommissarin ihren Vortrag. „Ich schlage folgende Reihenfolge vor: Meierbrink, Kroll, Elsa Feldmann und die Geliebte Nicki. Wenn nichts dazwischen kommt, könnten wir heute noch alle erreichen."

Das Haus in der Bahnhofstraße hatte keinen besonderen Charme. Die Fenster schauten undekoriert wie dunkle Augen aus der Fassade. Man könnte meinen, es sei unbewohnt. Ein Fahrrad ohne Sattel lehnte an der Eingangstür. Noch bevor Jochimsen den Klingelknopf berührte, surrte der Türdrücker, und sie fiel quasi mit der Tür ins Haus. Im Treppenhaus roch es nach Sauerkraut, Hunderte Prospekte lagen neben den Briefkästen.

„Meine Klingel ist schon seit Jahren kaputt", hörte sie eine Stimme über sich. Meierbrink lugte aus der Wohnungstür. „Ich habe Sie schon kommen sehen."

Über den weißen Kopfverband hatte er die Kappe gezogen. „Sie können sich vorstellen, dass wir einige Fragen an Sie haben, oder?", sagte die Kommissarin.

Ein kleinlautes „Ja" bestätigte sie.

Sie folgten ihm ins Wohnzimmer, dessen Mobiliar aus einer anderen Generation stammte. Dirks war sofort klar, warum der Alte lieber auf der Bank am Rathaus saß.

„Nun, Herr Meierbrink, dann legen Sie mal los", forderte Dirks ihn auf. Jochimsens Handy unterbrach die Stille. Im Display leuchtete eine Nummer aus dem Rathaus auf, die sie nicht kannte. Jochimsen drückte das Gespräch weg.

11.

Zugegeben, seinen ersten Auftritt als selbst ernannter Sherlock Holmes von Telgte nachts im Rathaus hatte er vermasselt! Aber bei der anschließenden Vernehmung durch Karin Jochimsen und Michael Dirks hatte er eine gute Figur gemacht! Vielleicht sollte er es einmal mit der Schauspielerei versuchen?

„Ach, wissen Sie, Frau Kommissarin", hatte er mit leidender Miene erklärt und sich im Flurspiegel hinter Karin Jochimsen dabei selbst verstohlen beobachtet. „Ich kann mich an rein gar nichts erinnern. Die Gehirnerschütterung, sagt der Arzt. Er hat mir absolute Ruhe verordnet!"

Sogar Dirks hatte ihm den totalen Gedächtnisverlust abgenommen, und schließlich hatten sich die beiden Polizeibeamten rücksichtsvoll verabschiedet.

Nachdem Fritz Meierbrink eine angemessene Zeit gewartet hatte, um sicher zu sein, dass ihm Jochimsen und Dirks nicht doch hinter der nächsten Straßenecke auflauerten, machte er sich auf den Weg zu seiner Bank. Der Schlag, der ihm versetzt worden war, hatte die Dinge in seinem Kopf schon ein wenig durcheinander geschüttelt. Und wo ließen sich diese am besten ordnen als auf seinem Lieblingsplatz unter der Kastanie? Außerdem hatte er in den Katastereintragungen im Grundbuch den Namen von Elsa Feldmann gefunden. Über die Konsequenzen musste er erst einmal nachdenken.

Während Fritz Meierbrink mit seinem Krückstock in der Hand und dem weißen Verbandsturban auf dem Kopf in Richtung Marktplatz marschierte, stellte er mit Erstaunen fest, dass er hoffte, dort jemanden zu treffen. Das war eigentlich völlig gegen seine sonstige Gewohnheit. Sollte der Schlag auf den Kopf vielleicht doch ernstere Folgen gehabt haben? Nein, es war einfach so, dass ein Sherlock Holmes einen Dr. Watson brauchte wie Derrick seinen Harry und Kommissarin Jochimsen ihren Dirks.

So war Fritz Meierbrink erfreut, als er das kleine Mädchen auf der Bank sitzen sah! Wie beim letzten Mal war es in ein Buch vertieft.

„Hallo“, sprach er es an.

Es hob die Nase aus seiner Lektüre und beobachtete stumm, wie er sich neben ihm niederließ.

„Wie heißt du eigentlich?“, fragte er.

„Lena“, antwortete das Mädchen.

„Schöner Name“, bemerkte er. Das sagte man doch zu Kindern, oder?

„Warum hast du denn einen Verband um den Kopf?“, wollte Lena wissen.

„Öhm“, räusperte sich Fritz Meierbrink. „Ich bin die Treppe runtergefallen. Und dabei ist ein Rätsel für dich herausgepurzelt.“

Lena schob ihre Brille hoch, krauste die Nase und sah ihn erwartungsvoll an.

„Also, pass auf: Dieses Rätsel ist ein Märchenrätsel. Es war einmal ein Mädchen, das war wunderschön, so weiß wie Schnee, so rot wie Blut und so schwarzhaarig wie Ebenholz ...“

„Pah!“, fuhr Lena dazwischen. „Das weiß doch jedes Baby. Das ist Schneewittchen. Und die böse Stiefmutter ist eifersüchtig, weil das Schneewittchen so schön ist und den Prinz kriegen kann, und sie hat nur den alten langweiligen König ...“

„Du kennst dich ja gut aus“, bremste Fritz Meierbrink Lenas Eifer. „Aber das war noch gar nicht das richtige Rätsel. Da gibt es doch diese Szene im Wald, wo der Jäger das Schneewittchen töten will ..."

„Tut er aber nicht!", unterbrach ihn Lena.

„Genau, tut er nicht. Aber stell dir vor, er täte es doch, warum würde er es tun?"

„Weil er Schneewittchen auch nicht mag."

„Gut. Welche andere Möglichkeit gibt es?"

„Weil der Jäger alles tut, was die Stiefmutter sagt."

„Auch gut. Fällt dir sonst noch was ein?"

Jetzt blickte Lena ratlos vor sich hin. Aber nur einen kleinen Moment, dann kam es, wie aus der Pistole geschossen: „Weil es gar kein Jäger ist, sondern die Stiefmutter selbst. Die hat sich doch nachher auch verkleidet."

„Sehr gut!", lobte Fritz Meierbrink. „So kann es gewesen sein."

„Was?", fragte Lena irritiert, aber Meierbrink war in tiefes Grübeln versunken.

Eifersucht! Eifersucht war immer ein gutes Mordmotiv! In der Geschichte aus den sieben Klatenbergen war es allerdings der Prinz, dem jemand nach dem Leben getrachtet hatte! Wie passte das zusammen? Bei seinem nächtlichen Besuch im Rathaus hatte er eine mögliche Erklärung gefunden.

In diesem Moment sprang Lena ungehalten von der Bank auf. „Also, deine Rätsel sind langweilig", beschwerte sie sich, raffte ihre Bücher zusammen und trottete ohne Abschiedsgruß davon.

Auch Fritz Meierbrink erhob sich. Er würde jetzt einmal den Damen in der Herrenstraße einen Besuch abstatten. Das heißt, er würde ganz unauffällig vorbeipromenieren, in der Hoffnung, dass er zufällig eine wichtige Beobachtung machte.

Fritz Meierbrink ging die Kapellenstraße hinunter auf den Telgter Dreiklang zu, der aus der mächtigen Propsteikirche St. Clemens, der kleinen barocken Wallfahrtskapelle und dem Museum Heimathaus Münsterland bestand. Die 3,50 m hohe Bronzefigur des König Melchior vor dem Museum blickte erhaben über die Köpfe der Menschen hinweg. Auch über den von Fritz Meierbrink mit seinem Verbandsturban.

Fritz Meierbrink bog in die Herrenstraße ein und kam zum Döringschen Haus. Hier war alles wie ausgestorben! So schlenderte er unauffällig weiter zu dem Häuschen, in dem Elsa Feldmann wohnen musste, fast in direkter Nachbarschaft zu ihrer ehemaligen Freundin Barbara Mahlberg-Döring.

In dem Moment, als Fritz Meierbrink Elsa Feldmanns Wohnung erreichte, trafen drei Ereignisse zusammen. Ein Müllwagen tauchte am anderen Ende der Herrenstraße auf und begann, sich rumpelnd die enge Straße hinaufzuarbeiten. Gleichzeitig kam eine kirchliche Seniorengruppe aus Paderborn vom Busparkplatz an der Ems her, gut gelaunt und fröhlich plaudernd. In Vorfreude auf den Besuch des Telgter Dreiklangs und natürlich auch des einen oder anderen Cafés in der Altstadt. Beim Überholen der Müllabfuhr kam es zu einer kleinen Drängelei der Senioren untereinander und mit den Mülltonnen. Da wurde bei Elsa Feldmann eine Gardine zurückgezogen, und ein Gesicht tauchte hinter der Scheibe auf. Als es den sich nähernden Müllwagen entdeckte, verschwand es wieder. Kurz darauf flog die Haustür auf, und Elsa Feldmann erschien in schief getretenen Hausschuhen, die einmal rosa gewesen sein mussten. Hinter ihr her trottete ein müder Mops ins Freie. Elsa Feldmann drehte sich um und fuhr das Tier an, es solle im Haus bleiben. Der Mops machte gehorsam kehrt und trottete mit gleicher Geschwindigkeit zurück in den Hausflur.

Elsa Feldmann trug ein Stoffpaket an sich gedrückt. Die Farbe war aus der Entfernung, in der Fritz Meierbrink stand, nicht eindeutig auszumachen, aber er meinte, ein Grün zu erkennen. Außerdem glaubte er, ein paar Knöpfe schimmern zu sehen. War das nicht ein Mantel?

Elsa Feldmann eilte zu den Mülltonnen, die auf die Abfuhr warteten, hob einen Deckel nach dem anderen und blickte hinein auf der Suche nach einer Lücke für etwas, das unbedingt noch entsorgt werden musste. Endlich hatte sie eine Lücke gefunden, stopfte das Etwas hinein und verschwand wieder im Haus.

Fritz Meierbrink blickte die Straße hinunter. Der Müllwagen näherte sich unaufhaltsam.

Der Sherlock Holmes von Telgte atmete tief durch. Jetzt oder nie! Als die kirchliche Seniorengruppe aus Paderborn das Haus von Elsa Feldmann passierte, meinte eine der alten Damen zur anderen: „Unser Pfarrer hat uns Telgte doch als eine beschauliche Kleinstadt geschildert, in der die Welt noch in Ordnung ist! Dass die Leute hier trotzdem in den Mülltonnen wühlen müssen! Der arme Kerl!“

12.

„Ich glaube, das hier sollten Sie sich einmal ansehen, Frau Jochimsen.“

„Na, das ist aber interessant. Frau Feldmann, können Sie mir das erklären?“ Karin Jochimsen und ein paar Kollegen aus Münster waren gerade dabei, die Wohnung von Elsa Feldmann zu durchsuchen. Immerhin hatte sie versucht, einen Jägermantel, der Horst Döring gehörte, im Müll verschwinden zu lassen. Des Weiteren hatte sich herausgestellt, dass Elsa Feldmann die Kleidung auch selbst getragen haben musste, da man ihre DNS daran gefunden hatte.

Um sie daran zu hindern, möglicherweise noch weitere Beweisstücke zu entsorgen, ordnete Kommissarin Jochimsen an, die Wohnung zu durchsuchen.

Aber sie fanden keine weitere Kleidung, sondern Fotos. Fotos von Nicki Giatelli, der Geliebten des Toten.

„Frau Feldmann? Können Sie mir bitte erklären, warum Sie so viele Fotos von Frau Giatelli geschossen haben? Sie müssen sie ja regelrecht verfolgt haben!“

„Ich muss Sie darüber belehren, dass Sie keine Angaben machen müssen, womit Sie sich selbst belasten“, mischte sich Dirks in das Gespräch ein.

„Ich mach das schon, Dirks.“ Jochimsen passte es gar nicht, wenn Dirks sich in ihre Angelegenheiten einmischte. Natürlich war sein Verhalten vorschriftsmäßig, aber das hier war ihr Fall, und den würde sie nach ihren Methoden aufklären.

„Frau Jochimsen, hier sind noch mehr Fotos.“ Sie folgte ihrem Kollegen in einen kleinen Nebenraum. Als die Kripo-Beamtin hinter den großen Vorhang blickte, blieb ihr fast die

Spucke weg, was bei ihr nicht gerade an der Tagesordnung war. Die Wand vor ihr war mit Hunderten von Fotos beklebt, sie alle zeigten Nicki Giatelli. Bei einigen war das Gesicht zerkratzt oder entstellt worden, und auf den meisten Fotos standen mit Rotstift geschriebene Wörter und Sätze wie: „Schlampe", „Hure", „Du wirst schon sehen, was du davon hast", „Ich werde dir dein Leben zur Hölle machen" ...

Außerdem hing dort eine Art Plan. Darauf waren fein säuberlich die „Schritte bis zur vollendeten Rache" aufgelistet. Hinter den ersten beiden prangte bereits ein Häkchen.

„Frau Feldmann, hiermit nehme ich Sie vorläufig fest wegen des Verdachtes auf Einbruch bei Nicki Giatelli."

„Aber Frau Jochimsen, wir wissen doch gar nicht, ob sie das wirklich getan oder nur geplant hat, oder hat Frau Giatelli etwa bei Ihnen Anzeige erstattet? Also bei mir hat sie das nicht."

„Dirks, ich glaube nicht, dass ich mich vor Ihnen rechtfertigen muss, und nur des Interesses halber: Wie würden Sie die Häkchen auf der Liste denn interpretieren?", zischte sie zurück. Was bildete sich dieser Dorftrottel eigentlich ein? Vor allen anderen eine ihrer Entscheidungen anzuzweifeln! Jochimsen reagierte extrem gereizt. War doch erst kurz zuvor eine andere Spur ins Leere gelaufen. Meierbrink war vom Hausmeister des Rathauses niedergeschlagen worden. Der Gute hatte schlichtweg Muffensausen gehabt, als er nachts Geräusche auf den langen Fluren des Bauamtes gehört hatte. Der zweite Versuch, es der Kommissarin am Telefon zu beichten, war von Erfolg gekrönt.

*

Nicki und ihre Freundin Suse kamen gerade von der Bank. Soweit Suse es beurteilen konnte, war das Testament, das wie versprochen im Schließfach lag, rechtskräftig. Aber um auf Nummer sicher zu gehen, wollten sie es trotzdem zu einem Notar bringen. Der könnte dann auch die weiteren Schritte einleiten. „Zu welchem Notar willst du denn?“, fragte Suse ihre Freundin, „Ich habe hier ein paar Adressen aus Telgte herausgesucht.“

„Gut, ich will zum zweiten von oben – jedenfalls nicht zu deinem Chef“, Nicki musste lachen, als sie Suses verdutzten Blick sah. „Ja, es ist mir egal, zu welchem wir gehen. Ich schätze, die machen alle die gleiche Arbeit, und so vieles falsch machen kann man bei dem Testament ja nicht.“

„Wenn du meinst“, Suse bemühte sich erst gar nicht, Nicki einen Vortrag darüber zu halten, dass man solch eine Entscheidung vielleicht doch mit Bedacht treffen sollte. Sie kannte Nicki gut genug, um zu wissen, dass ihre Worte im Sand verlaufen würden.

„Du hast Glück, der ist hier ganz in der Nähe. Mal gucken, ob er da ist.“

Der Notar war im Büro, und auch er ging stark davon aus, dass Nickis Testament rechtsgültig war. Er versprach, es noch vor dem Mariä-Geburtsmarkt beim Amtsgericht einzureichen.

„Und was machen wir jetzt? Ich rufe mal eben Sven an und frag ihn, ob er Zeit hat, okay?“

„Na gut, vielleicht kann er uns ja wirklich helfen.“ Nicki war das Leuchten in Suses Augen nicht entgangen, und sie wollte keine Spielverderberin sein. Obwohl Suse eigentlich einen festen Freund hatte.

„Och nö, die Mailbox. Immer, wenn man jemanden erreichen will, geht bloß die Mailbox ran, das ist doch echt bescheuert.“

„Dann machen wir uns eben selber auf die Suche nach der Handschrift. So schwer kann es doch nicht sein herauszufinden, ob die Mahlberg den Zettel geschrieben hat. Außerdem ruft dich dein Sven bestimmt zurück, wenn er deine Nummer sieht.“

Gesagt, getan. Suse probierte noch ein paar Mal, Sven zu erreichen, doch nachdem er auch beim vierten Mal nicht ran ging, ließ sie es bleiben. Sie gingen Richtung Barbara Mahlbergs Haus.

„Du, Suse, wo ich die Kapelle gerade sehe, können wir da einmal kurz reingehen? Und bevor du fragst: Ich möchte dort lediglich eine Kerze anzünden."

Doch sie kamen gar nicht mehr bis zur Kapelle, denn als sie in die Straße einbogen, sahen sie vor dem Haus von Elsa Feldmann mehrere Polizeiautos.

„Die haben die Feldmann festgenommen", vermutete Nicki richtig.

Just in diesem Moment blickte Elsa in ihre Richtung und schrie ihnen entgegen: „Du dreckige Schlampe, du elendiges Miststück, was fällt dir eigentlich ein? Du hast mir alles genommen, was mir lieb war. Dafür wirst du büßen!"

Weiter kam sie nicht, denn der Beamte setzte sie nicht gerade zimperlich in sein Dienstfahrzeug und schlug die Tür zu.

„Was war denn das?" Völlig perplex starrte Suse Nicki an.

„Ich habe keine Ahnung!" Geschockt starrte Nicki dem Wagen hinterher.

„Ah, Frau Giatelli, Sie kommen ja wie gerufen!" Nicki hatte gar nicht bemerkt, dass Frau Jochimsen ebenfalls das Haus verlassen hatte. „Ich nehme mal an, Sie haben in den letzten Tagen einige unangenehme Dinge erlebt."

„Ja schon, aber ... Ich verstehe das nicht, Sie meinen doch nicht etwa, dass die Feldmann ...?" Nicki war bisher davon ausgegangen, dass die Mahlberg für das alles verantwortlich war.

Aber Suse schlug sich mit der flachen Hand auf die Stirn. „Mensch, klar, darauf hätten wir auch selber kommen können. Nicht nur die Ehefrau, sondern auch die Ex-Ehefrau hat ein Motiv."

„Also stimmt es, dass bei Ihnen in den letzten Tagen eingebrochen wurde?", fragte die Kommissarin dazwischen.

„Ja", das war alles, was Nicki im Moment dazu sagen konnte. Sie musste erst einmal ihre Gedanken sortieren.

„Darf man fragen, warum Sie nicht zur Polizei gegangen sind und Anzeige erstattet haben?"

Der vorwurfsvolle Unterton gefiel Nicki gar nicht. „Weil Sie mir sowieso nicht geglaubt hätten, darum! Ich hatte doch keine Beweise außer einem läppischen Zettel."

Die Kommissarin hatte sich derweil eine Kippe angesteckt: „Nun, man hätte Ihnen schon geglaubt, außerdem hätte die Sache ganz schön böse ausgehen können."

13.

Der Tag war noch jung, und wie immer um diese Zeit lag halb Telgte im Bett. Joachim Grüngräber genoss die morgendliche Stimmung, die er während der zwei Tage Urlaub so vermisst hatte.

„Bleib mal zu Hause, damit du auf andere Gedanken kommst", hatte sein Chef zu ihm gesagt.

Grüngräber fühlte sich jetzt wieder fit für den Alltag. Trotzdem wurde er das flaue Gefühl im Magen nicht los. Die Bäume, die Straße, das Gras - alles, was verschwommen an ihm vorbeizog, während er auf dem Fahrrad zur Arbeit fuhr, hatte er vor nicht einmal einer Woche auch gesehen. An jenem Morgen, als er eine Leiche gefunden hatte. Die Leiche von Horst Döring. Und mit jedem Meter, mit jedem Tritt in die Pedale näherte er sich dem Wasserwerk, und das Pochen in seinem Kopf wurde lauter und schmerzhafter.

So hatte er sich seinen ersten Arbeitstag nicht vorgestellt. Das Gefühl der Nutzlosigkeit war schrecklich für ihn gewesen, sogar so sehr, dass er mit seiner Frau zum Shoppen gefahren war, was er sonst nie tat. Drei Stunden in Münster bei spätsommerlichen Temperaturen von einem Geschäft zum nächsten - furchtbar. Aber so hatte er immerhin etwas zu tun gehabt.

Grüngräber schluckte und schaute nach oben, beobachtete die Blätter, die sich über seinem Kopf im Wind wiegten. Er hörte den Wind förmlich flüstern: „Es ist alles gut, hab keine Angst."

„Joachim, reiß dich am Riemen. Der Wind kann nicht sprechen, und ein Mord passiert nicht täglich. Pass auf, dass du nicht vollkommen verrückt wirst", sagte er sich in Gedanken.

Sein Blick richtete sich wieder auf den Radweg an der Westbeverner Straße. Gerade noch rechtzeitig. Laut klingelnd kam ihm ein Schüler entgegen. Der Kopf unter seinem Helm war rot vor Zorn.

„Pass doch auf, Mann! Wenn du nicht gucken kannst, brauchste auch nicht Rad zu fahren", blaffte er Grüngräber an. Kopfschüttelnd fuhr der Junge an ihm vorbei.

„Was macht der überhaupt schon hier?", fragte sich Grüngräber. Ein Leichenwagen glitt beinahe lautlos die Straße entlang, so als würde er die Ruhe des Verstorbenen nicht stören wollen. Grüngräber hatte keine Ahnung, ob der Fahrer des Wagens in diesem Moment wirklich einen Gast hatte, und er wollte es auch gar nicht wissen.

Als er das Wasserwerksgebäude zwischen den Kiefern und Fichten des Klatenbergs aufblitzen sah, wurde Grüngräber ruhiger. „Na also, alles wie immer."

Das Tor quietschte, es war anscheinend immer noch nicht geölt worden. „Diesmal kommt mir nichts dazwischen", nahm er sich vor, als er sich aufmachte, um das Wasser im Reinwasserbecken zu überprüfen. Diesmal wagte er es nicht, seinen Blick abschweifen zu lassen. Bloß nicht schon wieder einen Toten. Seine Ohren hingegen konnte er nicht verschließen.

„Grüngräber? He, Grüngräber. Ich brauche Ihre ... Hilfe." Die dünne Stimme kam eindeutig aus der Richtung der Absetzbecken.

Langsam drehte Grüngräber sich zur Seite. Dort lag im rostig-braunen Wasser – wie einst Horst Döring – Sven Horstmüller. Grüngräbers Herz drückte schmerzhaft von innen gegen seinen Brustkorb. Auch wenn der einzige Gedanke, der in seinem Kopf herrschte, beruhigend war.

„Er lebt. Er lebt. Keine Sorge, er lebt."

Er setzte seine Füße voreinander, immer schneller, bis er das Becken erreichte. Erst jetzt bemerkte er die missliche Situation, in der sich der Lokalreporter befand: Sven Horstmüller lag hilflos da wie ein Käfer auf dem Rücken. Gefesselt, Hände und Füße mit Steinen beschwert, die eher die Bezeichnung Felsbrocken verdient gehabt hätten. Nur sein Kopf schaute aus dem trüben Wasser heraus, sodass er wenigstens atmen konnte. Seine Stirn war blutverkrustet und seine Augen geschlossen.

Ohne zu zögern, stieg Grüngräber ins Becken und versuchte, die Steine von den Seilen, die sie an Svens Körper hielten, zu lösen. Er schaffte es nicht. Also rannte er, so schnell ihn seine Beine trugen, in das Hauptgebäude des Wasserwerks.

„Eine Schere oder ein Messer, ich brauche eine Schere", rief er in den Flur, obwohl er wusste, dass er der Erste war, wie immer, und dass ihn keiner hören würde.

Grüngräber durchwühlte den Schreibtisch in seinem Büro nach einer Schere. Keuchend lief er zurück zum Absetzbecken. Sven lag noch genauso da, wie er ihn zurückgelassen hatte. Wie hätte er sich auch bewegen können?

„Grüngräber, beeilen Sie sich. Es ist verdammt anstrengend, den Kopf so lange hoch zu halten." Die Worte drangen leise durch die Lippen des Reporters.

Halb zersägte, halb zerschnitt Grüngräber die dicken Kordeln. Dann bückte er sich, um Sven zu stützen. Mit zitternden Knien kam der Journalist auf die Beine. Gemeinsam wateten sie zum Beckenrand. Als Sven sich nach Luft japsend auf dem Trockenen niederließ, schloss Grüngräber für einen Moment die Augen. Als er sie wieder öffnete, entdeckte er in der feuchten Brusttasche des Reporters einen zerknüllten Zettel.

„Darf ich?" Ohne die Antwort seines Gegenübers abzuwarten, faltete er das Papier mühsam auseinander. Die Bleistiftschrift kam ihm seltsam bekannt vor:

„Der liebestolle Greis starb wohl nicht durch den Genuss von italienischem Eis! Die Kuh wurde vorgeschickt, und Diddi gab ihr den Namen. Jetzt läuft die Kuh wieder auf ihrer Wiese. Ohne ihren Bullen. Und sie weiß, dass das Gras auf ihrer Wiese besonders grün ist. Grabe in den Gründbüchern unter DH, und du wirst vielleicht der Lösung ein bisschen näher kommen.“

Sven Horstmüller neben ihm begann zu husten.

„Entschuldigung“, für einen Moment vergaß Grüngräber das Rätsel, das vielleicht zur Lösung des Döring-Falls beitragen konnte. „Kommen Sie mit rein. Es gibt Handtücher, die wären jetzt vielleicht ganz praktisch.“

Angesichts der skurrilen Lage war Grüngräber ziemlich durcheinander. Er fragte sich, wem man hier überhaupt schaden wollte – Sven Horstmüller oder ihm?

Sven, als er in Handtücher gewickelt gemeinsam mit Grüngräber im Wasserwerksgebäude saß, schnitt das Rätsel an.

„Meine anonyme Nachricht hast du ja bereits entdeckt.“

Grüngräber entging nicht der grimmige Ausdruck in Svens Gesicht, als er ein floskelhaftes „Ich darf doch du sagen?“ hinterher schob. Anscheinend hatte der so wortgewandte Journalist noch keine Lösung gefunden.

„Ja und ja“, antwortete Grüngräber.

„Also, ich brauch’ deine Hilfe: ‚Grabe in den Gründbüchern‘ ist meiner Meinung nach ein Synonym für ... dich.“

Grüngräber war baff. Er sollte eine tragende Rolle in der Mordsache spielen? „Grabe in den Gründbüchern nach DH ... Anscheinend soll ich irgendeine wichtige Information liefern können. Schade nur, dass ich selbst nicht weiß, welche das sein soll. DH. Dörings Horst!“

„So weit war ich auch schon.“

Die Laune des Reporters wurde bei der Aussicht auf eine Rätselstunde spürbar besser.

„Eine Unterbrechung noch“, fiel Grüngräber ihm ins Wort. „Horst Döring ist im Moment ja nicht das Wichtigste. Was ist mit Ihnen, ähm, dir? Immerhin liegst du morgens gefesselt hier im Wasserwerk. Genau an der Stelle, an der ich Döring gefunden habe.“

„Das Ding ist, derjenige, der mir das angetan hat, hat mir mächtig einen übergebraten. Ich kann mich nur noch an alles vor dem Schlag erinnern, und das ist nicht viel: Ich konnte kaum etwas erkennen, es war schließlich noch nicht richtig hell. Ich wollte dich abpassen, um mit dir über das Rätsel zu sprechen. Und auf einmal knackte es hinter mir, eine dunkle Gestalt kam aus dem Wald, und ab dann ist alles schwarz. Aber ich bin mir sicher, dass der Täter ein Mann ist. So viel konnte ich noch erkennen.“

Grüngräber dachte nach. „Also ist das Rätsel um Horst Döring nicht das einzige, das es zu lösen gilt.“

„Bloß wird meins schwerer sein.“ Sven schien sichtlich stolz ob dieser Tatsache. „Döring hat nur ein paar Feinde, ich Tausende.“

Grüngräber gab dem Reporter in Gedanken recht. Auch er war nicht immer von den hetzerischen Artikeln begeistert, und er konnte sich vorstellen, wie gereizt betroffene Personen darauf reagierten.

„Aber wo wir gerade zusammen hier sind, könnten wir als Erstes das Rätsel Dörings lösen, bis die Kommissarin hier eintrifft. Woher kommt sie noch gleich?“

„Aus Münster. Am besten beginnen wir von vorn. Das italienische Eis meint wohl Nicki Giatelli. Jeder weiß, dass sie mit Horst angebandelt hatte. Und anscheinend hat sie nichts mit dem Mord zu tun. Zumindest wenn man dem Auge glauben kann“, begann Grüngräber.

„Danach wird’s schon kniffliger“, fuhr Sven fort. „Die Kuh ist schätzungsweise Frau Mahlberg-Döring. Aber wer oder was ist Diddi?“

Unwillkürlich dachte Grüngräber an Diddi Hallervorden, diesen Komiker, den er so dämlich fand. Er erinnerte ihn immer an Harald Kirchhoff. Der ging oft mit zur Jagd. Vielleicht war das des Rätsels Lösung.

„Ich kenne nur einen Diddi", erklärte er also Sven. „Diddi Hallervorden. Und Harald Kirchhoff hat eine große Ähnlichkeit mit ihm. Also steht das DH womöglich nicht nur für Dörings Horst, sondern auch für Diddi Hallervorden."

Sven schien die Idee zu gefallen. „Ich sehe die Schlagzeile schon vor mir: ‚Muttersohn als Mörder'."

Grüngräber seufzte auf. Nichts würde diesen Mann ändern können, nicht einmal ein Anschlag auf ihn, wie erst vor weniger als einer Stunde geschehen.

„Somit wäre das Rätsel gelöst. Die Mahlberg-Döring kann sich auf ihrem Erbe ausruhen, und der Kirchhoff hat freie Bahn bei ihr. Denn dass der die Frau seines Chefs vergöttert, sieht selbst ein Blinder. Beide haben ein Motiv. Leider wird das anonyme Rätsel als Beweis nicht reichen. Denn den Verfasser kennen wir schließlich immer noch nicht."

Grüngräber sah Sven in die Augen. Anscheinend dachte er dasselbe wie Sven.

„Der Kommissarin ..."

„... erzählen wir nichts", schloss Sven. „Ich spiel' jeden Tag bei der Arbeit Ermittler. Das hier ist endlich mal etwas in meiner Liga."

In dem Moment trällerte die Klingel des Haupttores.

14.

Ein Blick auf den Monitor der Überwachungskamera des Wasserwerks ließ die erste Ahnung Gewissheit werden: Die stets rauchende und übellaunige Hauptkommissarin war im Anmarsch.

Sven schlug die Hände über dem Kopf zusammen und flehte: „Schlechtes Timing, bitte Joachim, erspar mir diese Frau! Mir dröhnt die Birne, und mein Hals fängt an zu kratzen. Die halbe Stunde in deinem Absatzbecken war nicht gerade ein Warmbadetag. Wenn diese Frau mich hier in diesem Zustand erwischt, dürften mindestens noch zwei Stunden Frage- und Antwort-Spiel im Verhörraum anliegen. Bis dahin hab' ich eine ausgewachsene Supergrippe und muss mich eine Woche flachlegen. Wie kann ich hier unbemerkt verschwinden?"

„Moment", warf Grüngräber knapp ein und griff nach dem Hörer der Sprechanlage. „Guten Morgen, Frau Kommissarin. Sie sind verdammt früh auf den Beinen."

Grüngräber legte die Hand auf die Muschel, zeigte auf das Fenster zum hinteren Gebäudeteil und flüsterte: „Mach, dass du da raus kommst. Klettere über den Zaun und schlag dich in die Büsche. Beeil dich!"

Schnell lief Sven zum Fenster, öffnete es und sprang auf den Rasen hinter dem Verwaltungsgebäude. Grüngräber drückte den Türöffner und sprach freundlich in die Muschel: „Treten Sie ein, Frau Kommissarin, ich komme zum Tor und hole Sie ab."

„Zu gütig von Ihnen. Ich wollte mit Ihnen noch mal über den Morgen sprechen, an dem Sie Döring hier gefunden haben", erwiderte die Polizistin.

Sven kletterte über den niedrigen Zaun und landete direkt in einem der unzähligen Brombeerbüsche. Die Dornen stachen in seine Unterarme. Leise fluchend rappelte er sich auf und bahnte sich mit stakenden Schritten den Weg durch das Unterholz. Selbst in unmittelbarer Nähe des Wasserwerkes schienen die Aufräumarbeiten nach „Kyrill“ noch nicht abgeschlossen zu sein. Sven schätzte die grobe Richtung zu seinem Wagen ein, das er auf einem kleinen, für Autos nicht zugelassenen Waldweg gegenüber der Einfahrt zu den Spargelfeldern geparkt hatte. Er kannte den Weg aus seiner Kindheit, denn er war in Westbevern aufgewachsen und hatte dieses Pättken immer als Abkürzung zum Waldschwimmbad genutzt. Seine Freunde und er hatten damals manches Mal überlegt, wie supercool es sein müsse, in einem der noblen Häuser direkt neben der Plümpse zu wohnen.

Nach etwa fünf Minuten erreichte er den Waldweg, und wenig später tauchte sein alter, gelber Golf auf. Sven hatte ihn vor über 15 Jahren von einem Postboten übernommen. Was damals noch ein gepflegter Dienstwagen der Bundespost war, taugte heute allenfalls noch als Schlachtvieh für die Schrottprofis von den Ludolfs. Sven riss die Tür auf – abschließen konnte man schon lange nicht mehr – und warf sich erschöpft auf den von Brandlöchern übersäten Fahrersitz.

„Tage können so beschissen losgehen“, dachte er.

Er öffnete das Handschuhfach, nahm sich eine Camel „ohne“ und testete die Oberflächenspannung des hoffnungslos überfüllten Aschenbechers. Dann ließ er den Wagen an, freute sich über die ungewöhnlich spontane Funktionsfähigkeit und bog schnell auf die Hauptstraße Richtung Telgte ein. Glücklicherweise war die Baumaßnahme an der Abfahrt Waldschwimmbad mittlerweile beendet, und Sven erreichte nach kurzer Zeit den Innenstadtbereich. Er machte noch einen Abstecher zur Apotheke und deckte sich nach kurzer Selbstdiagnose mit Paracetamol, Erkältungssaft, Nasen- und

Desinfektionsspray sowie einer Dose Sprühpflaster ein. Zufrieden fuhr Sven nach Hause. Der nächste Plan hieß: duschen, trockene Klamotten anziehen, Medikamente einwerfen, Wunde versorgen und sich danach in einem relativ neuwertigen Zustand befinden.

Nachdem die Wirkung der Kopfschmerztabletten eingetreten war, fühlte Sven sich wie neugeboren. Er beschloss, zur Redaktion zu fahren und von dort aus Mickey Dirks anzurufen, um eine Anzeige wegen Körperverletzung abzusetzen und eventuell einige Neuigkeiten im Döring-Fall zu erfahren. Sven holte die alte Gazelle seiner Mutter aus dem Fahrradkeller und erreichte schnell über die Bahnhofstraße den Marktplatz. Die frische Luft und die Bewegung taten ihm gut. Seine Kopfschmerzen ließen weiter nach, und er parkte sein Fahrrad im Ständer vor der Spielzeughandlung.

Als er auf die Redaktion zuging, sah er die attraktive Studentin der Anwaltskanzlei Kroll, die damit beschäftigt war, einen Aushang an der Eingangstür zu befestigen. Im Vorbeigehen las er „Am Mariä-Geburtsmarkt bleibt unsere Kanzlei geschlossen".

Handgeschrieben, dachte er. Unprofessionell. Aber dass dem Kroll die Türen nicht eingerannt wurden, war ihm schon in der kurzen Zeit seit dem Umzug der Redaktion an den Markt aufgefallen.

Aber Moment – die Handschrift!

Sven ging noch einmal zurück und nahm den Aushang erneut unter die Lupe. Das abgerundete A im Wort „Am" und das schon fast einem Violinschlüssel gleichende „G" im Wort Geburtsmarkt kamen ihm durchaus bekannt vor. „Interessant", dachte er, riss mit einer schnellen Handbewegung den Aushang ab, faltete ihn und ließ ihn in der Innentasche seiner Lederjacke verschwinden. Dann betrat er die Redaktionsräume und sorgte sofort für klare Verhältnisse. „Haltet bitte alle die Schnauze, die Wunde an meinem Kopf zeugt von engagierter Recherche-Arbeit und nicht von alkoholbedingten Gleichgewichtsstörungen mit anschließender Asphaltflechte.“ Schnell ging er an seinen schmunzelnden Kollegen vorbei zu seinem Schreibtisch. Dort legte er den Aushang der Kanzlei und die anonyme Nachricht des „Auges“ nebeneinander.

Eindeutig, da brauchte man kein Grafologe zu sein. Die Studentin vom Kroll war die Verfasserin der anonymen Nachricht. Sven wendete den Aushang und schrieb schnelle und klare Worte auf die Rückseite:

„Rätsel zum Teil gelöst – Treffen heute Abend 20 Uhr am Judaskuss auf dem Dümmert – sollte ich ohne Gesellschaft bleiben, dürfte dein Job beim Kroll Geschichte sein – Hochachtungsvoll, Die Nase.“

Er faltete den Zettel, verstaute ihn in seiner Jacke und machte sich wieder auf den Weg zur Kanzlei.

„Hallöchen“, grüßte er freundlich beim Eintreten, ging auf den Empfangstresen zu und sprach Suse Woltner direkt an. „Mein Name ist Sven, ich schreibe für den ‚Emsboten‘, und ich habe eine durchaus ernst zu nehmende Nachricht für dich.“

Suse stieg das Blut in das Gesicht, und sie zischte leise: „Mann, ist ja gut, sei ruhig! Ich werde alles tun, was du willst. Aber mach in Gottes Namen nicht so ein Fass auf hier. Ich brauch das Geld aus dem Job bei Kroll. Wir reden über alles, okay?“

Sven schob die Nachricht über Suses Schreibtisch, drehte auf dem Absatz um und entgegnete: „Schön, dass wir uns verstehen.“ Er stieg zufrieden die Treppe hinab und wusste nach diesem Erfolg, dass ihm die Jahreshauptversammlung des Geflügelzüchtervereins jetzt wirklich leicht aus der Feder fließen würde.

Kurz vor acht verließ Sven die Redaktion, setzte sich auf sein Fahrrad und fuhr in Richtung Kapellenstraße. Auf der

Fahrt quälte ihn das grobe Kopfsteinpflaster. „Wie der Kapitän eines Presslufthammers“, dachte er, während sein geschundener Körper durchgeschüttelt wurde. Rasch umkurvte er die Wallfahrtskapelle. Glücklicherweise waren momentan die Wege im Bereich der Planwiese trockenen Fußes passierbar. Das war keine Selbstverständlichkeit, denn die Ems war nahe, und in den Frühjahrs- und Sommermonaten meldete das Spielschiff auf „Klein Borkum“ regelmäßig „Land unter“. Dann weinten alle Kinder, bis die Arbeiter des Bauhofes ihre Sisyphusarbeit wieder einmal erledigt hatten. „Einmal neuen Sand aufschütten und die Insel von Schlamm und Strandgut befreien.“ So ungefähr dürfte die knappe Anweisung des Dienstherrn im Rathaus lauten.

Er passierte die Holzbrücke über die Fischtreppe, die die Halbinsel Dümmert durchquerte, und bog links ein. Schon in wenigen Tagen würde hier um diese Zeit kein vertrauliches Gespräch mehr möglich sein, denn dann würden sich mit Beginn der Kirmes einige Hundert Leute um eine Holzhütte drängen und versuchen, den Geist des Weines zu ergründen.

Suse war da. Sie stand neben der lebensgroßen Skulptur des Judas, der gerade Jesus den verräterischen Kuss gab. Sven stellte sein Fahrrad ab und einigte sich mit Suse darauf, einige Schritte die Emsböschung hinabzusteigen, um ungestört reden zu können. Der Abend war spätsommerlich warm, und durch den schönen Blick auf das Wehr wurde sogar ein Hauch von Romantik verbreitet.

Suse und Sven nahmen im Gras Platz. Sven zog den Zettel aus der Tasche und forderte Suse auf: „Erklär mir das ganze Rätsel.“

Der liebestolle Greis starb wohl nicht durch den Genuss von italienischem Eis! Die Kuh wurde vorgeschickt, und Diddi gab ihr den Namen. Nonsens! Ohne Ende! Jetzt läuft die Kuh wieder auf ihrer Wiese. Ohne ihren Bullen. Und sie weiß, dass das Gras auf ihrer Wiese besonders grün ist. Grabe in den Gründbüchern unter DH, und du wirst vielleicht der Lösung ein bisschen näher kommen.

„Ich wollte Nicki schützen“, begann Suse zu erzählen. „Sie ist meine beste Freundin, aber ich konnte sie in letzter Zeit nicht mehr verstehen. Wie konnte sie sich nur mit so einem alten Typen abgeben? Und dann habe ich im Büro die ganzen Akten auf den Tisch bekommen. Jede Menge Grundstücksgeschäfte – alle in der Trassenführung der Umgehungsstraße. Elsa Feldmann, die geschiedene Ehefrau vom Döring, die hat satte fünf Grundstücke in dem Gebiet. Offensichtlich hat sie die Flächen im Scheidungsprozess behalten können. Die Frau ist zwar hässlich, aber ausgesprochen geschäftstüchtig. Jetzt zur Auflösung: Kennst du nicht den Sketch von Diddi Hallervorden ‚Die Kuh Elsa‘? Die ‚Kuh auf der Wiese ohne Bulle‘ bedeutet Scheidung. ‚Besonders grün‘: Weißt du eigentlich, was die Grundstücke wert sein werden? Der Angestellte vom Wasserwerk, Grüngräber, hat übrigens auch ein Grundstück. Aber wohl geerbt. ‚Grabe in den Gründbüchern‘: Was ein Grundbuch ist, dürftest du auch wissen, und ‚DH‘ steht für Delsener Heide, das Plangebiet der Trassenführung.“

Sven nickte, er konnte Suse folgen, überlegte aber noch und runzelte die Stirn. „Gibt es keine Verbindung zu Harald Kirchhoff? Der sieht aus wie Diddi Hallervorden.“

Suse schüttelte den Kopf. „Keine Ahnung, den Kirchhoff kenne ich nicht mal. Ich wollte wirklich nur Nicki aus dem Schussfeld bringen. Das musst du mir glauben.“

„Der Kirchhoff ist auch beim Bauamt beschäftigt“, erklärte Sven, „und war wohl der kleine Erfüllungsgehilfe vom Döring. Ein echter Speichellecker. Seine Mama hat mich am Telefon abserviert wie einen Novizen. Aber der geht mir nicht durch die Lappen. Den greife ich mir. Der ist sicherlich nicht so harmlos, wie er aussieht.“

„Jetzt reg' dich mal ab", beruhigte Suse Sven. Dann blickte sie ihn auffordernd an. „Nachdem wir jetzt offensichtlich in einem Boot sitzen, sollen wir vielleicht noch irgendwo was essen gehen?"

Sven war wirklich ein passionierter Single, aber diese taffe Frau verschlug ihm den Atem. „Okay, was ist mit der ‚Schwarzen Ente'?"

„Mmh ... Ja, lecker ..."

Keiner von beiden bemerkte die Person, die sich hinter einem Gebüsch verbarg und offensichtlich dem ganzen Gespräch aufmerksam gelauscht hatte.

15.

Auf der Beisetzung von Horst Döring waren die Journalisten leicht zu erkennen an ihren Schreibblöcken und den Kameras. Wer sonst macht schon auf solchen Veranstaltungen Fotos? Sogar ein privater Fernsehsender hatte einen Übertragungswagen vor der Clemenskirche postiert. Bestimmt war Horst Dörings Beerdigung eine der größten, die Telgte je gesehen hatte. Viele Trauergäste mussten in der Kirche stehen. Die Jagdfreunde hatten den Trauerzug mit ihren Hörnern begleitet. In der Kirche saßen sie in den vorderen Reihen direkt hinter der Witwe Barbara Mahlberg-Döring.

In der Trauerandacht wurde der Verstorbene hoch gelobt als eine wichtige Säule des Telgter Gemeinwesens, ein wahrer Engel auf Erden. In Wirklichkeit war er manchmal ein hundsgemeiner Kerl gewesen, aber darüber sprach natürlich keiner. Bei dem Lied „Von guten Mächten wunderbar geborgen“ kullerten Barbara tatsächlich ein paar überzeugende Tränen über die Wange.

Am nächsten Morgen war der Auftritt als trauernde Witwe schon wieder Geschichte. Endlich hatte Barbara wieder gut geschlafen. Sie lenkte ihren kleinen Mazda durch die grüne Landschaft in Lauheide.

Nach der Beerdigung hatte Horsts Jagdfreund Gerrit Beckmann sie zur Seite genommen. „Wir müssen unbedingt reden“, drängte er und schlug ein Treffen am Haus Langen vor. „Es muss nicht jeder mitbekommen, wenn wir uns verabreden. Das gibt nur Gerede in Telgte“, befürchtete Beckmann.

Das Schild „Durchfahrt verboten" hinter der Emsbrücke ignorierte sie kurzerhand. An einem Donnerstagvormittag war bestimmt keine Polizei in dieser ländlichen Gegend unterwegs. Am Wochenende und im Hochsommer hätte man einen anderen Treffpunkt ausmachen müssen. Dann wurde der Emsauenweg von vielen Radfahrern bevölkert. Der Tourismus auf zwei Rädern in Telgte wurde immer beliebter.

Barbara parkte vor der alten Doppelmühle, die gegenüber dem weitläufigen Anwesen lag. Gerrit Beckmanns Auto war noch nicht zu sehen.

Sie war wie immer beeindruckt von dem hochherrschaftlichen Haus Langen. Die gut erhaltenen Reste der klotzigen Ritterburg waren mit Fachwerk erweitert worden. Hohe Bäume und gepflegte Büsche verdeckten den Blick auf die privaten Bereiche der Bewohner. Im Garten liefen zwei Rauhaardackel herum, die nervös bellten, als sie Barbara witterten. Sie lehnte sich an das Holzgeländer, das die Radtouristen und angetrunkene Picknickbesucher vor dem Sturz in die Bever schützen sollte.

Endlich näherte sich der dunkelrote Benz mit dem Kennzeichen WAF-GB 1. Der Kies knirschte unter den Reifen, als er unmittelbar neben ihr anhielt. Gerrit Beckmann hievte seinen massigen Körper schwerfällig aus dem tiefer gelegten Wagen.

„Morgen, Frau Mahlberg. Wie schön, dass Sie gekommen sind", grüßte Beckmann. „Wie ich schon gestern sagte, ich muss unbedingt mit Ihnen sprechen."

„Lassen Sie uns gleich zum Thema kommen", schlug Barbara vor. „Ich bin im Bilde, mein Mann hat mir von seinen Geschäften mit der Firma Beckmann erzählt, falls Sie das meinen."

„Geschäfte", entgegnete Beckmann höhnisch. „Diesen Geschäften hat Ihr Mann die Grundlage entzogen. Jahrelang hatte er von mir dankend Geld genommen. Ich hab´s ihm gegeben, damit wir bei der Planung der Umgehungsstraße zu einem vernünftigen Ergebnis kommen. Und plötzlich hat der Herr Baudezernent seine Meinung geändert."

„Wenn Sie jetzt glauben, ich zahle Ihnen das Geld zurück, dann haben Sie sich in den Finger geschnitten", zeigte Barbara Mahlberg-Döring Beckmann die kalte Schulter.

Der wurde plötzlich richtig eklig und rabiat: „Wir wollen doch nicht, dass Sie Ihr schönes Gesicht verlieren, teuerste Frau Mahlberg." Unvermittelt streichelte er Barbara mit der Kante seines fetten Siegelrings über die Wange und drehte ihre langen blonden Haare um den Finger.

Sie sprang angewidert zur Seite und schrie: „Was fällt Ihnen ein! Fassen Sie mich nicht an!"

Er drohte mit schmieriger Stimme: „Schaun wir mal, wie lange die blonde Prinzessin noch in ihrem weißen Schloss thront. Seien Sie lieber ein bisschen nett zu mir."

„Jetzt reicht's! Ich bezahle Ihnen keinen Cent!", tobte Barbara und suchte hektisch nach ihrem Mobiltelefon. Verflixt, wo steckte das Teil nur? Schon war der bullige Bauunternehmer vor ihr. Er packte sie mit seinen riesigen Pranken an den Oberarmen und drängte sie vor den Holzzaun. Die Bever brodelte bedrohlich in fünf Meter Tiefe. Die Rauhaardackel aus dem Garten bellten wie toll. Das Geländer drückte schmerzhaft im Rücken. Gleich drohte sie, das Gleichgewicht zu verlieren

Beckmanns feistes Gesicht war rot vor Wut. Wenn er jetzt losließ, würde sie mit gebrochenem Hals in den Fluten liegen. Vor Anspannung fehlte ihr die Luft, um nach Hilfe zu schreien.

„He, was machen Sie da? Lassen Sie sofort die Frau in Ruhe, oder ich rufe die Polizei!", fuhr eine männliche Stimme energisch dazwischen. Gerrit Beckmann ließ augenblicklich von Barbara ab. Im sicheren Abstand stand ein Rentnerpaar in zünftiger Wanderkleidung.

„Machen Sie sich mal keinen Kopf darum. Wir haben nur einen Spaß unter guten Freunden gemacht", rechtfertigte sich Beckmann vor den beiden Wanderern. Er nahm Barbaras Handgelenk und drehte den Arm mit eisenhartem Griff auf ihren Rücken, unsichtbar für die beiden Zeugen. „Und wir beiden Hübschen setzen uns noch mal nett zusammen!", zischte er ihr drohend ins Ohr. Dann stieg er in seinen Benz und brauste eilig davon. Der Kies spritzte schmerzhaft an Barbaras Beine.

Der alte Wanderer senkte seinen knorrigen Stab. „Wir haben alles gesehen, nicht wahr, Hanne? Wenn Sie uns als Zeugen brauchen, junge Frau, kein Problem. Wir wollten schon immer bei einer richtigen Gerichtsverhandlung mitmachen."

*

Jochen Krolls Frau öffnete die Tür des Backofens und nahm den brutzelnden Braten heraus. Sofort erfüllte ein köstlicher Duft die Küche. Jochen Kroll lief das Wasser im Mund zusammen. Auch wenn ihm seine Frau inzwischen furchtbar gleichgültig war, kochen konnte sie. Plötzlich klingelte sein Handy. Er verließ die Küche und kam zwei Minuten später zurück. „Ich muss noch mal weg, geschäftlich." Schon hatte er seinen Mantel vom Haken genommen und ließ die Haustür hinter sich ins Schloss fallen. Dann glitt die edle Limousine kraftvoll aus der Einfahrt des krollschen Bungalows.

Vor der Sparkasse am Baßfeld fand er einen Parkplatz, überquerte den Adolph-Kolping-Platz und öffnete die Tür zu den Bürgerstuben, einer gutbürgerlichen Gaststätte mit einer ebensolchen Küche. Hinten rechts an einem einzelnen Tisch saß derjenige, mit dem Kroll zehn Minuten vorher telefoniert hatte. Sven Horstmüller. Kroll setzte sich zu ihm und orderte einen schwarzen Tee bei der freundlichen Bedienung, die ihm aufmerksam den Mantel abnahm.

Kroll setzte sich, schaute sich nach eventuellen Zuhörern um und kam direkt zur Sache. „Was wollen Sie von mir?"

Sven Horstmüller ließ ihn eine Minute lang schmoren. Dann beugte er sich vor. „Ich wüsste gerne etwas über gewisse Geschäfte mit Grundstücken. Grundstücken in Telgtes Süden. Von denen eigentlich niemand wissen konnte, dass sie einmal wertvoll werden könnten. Sehr wertvoll, wenn Sie verstehen, was ich meine." Er lehnte sich lässig in seiner Lederjacke zurück und genoss einen Schluck Bier.

„Nein, ich verstehe nicht, was Sie meinen", antwortete Kroll und schickte sich an, den Tisch zu verlassen.

Horstmüller neigte den Kopf zur Seite, spitzte die Lippen und sah Kroll an. Wortlos zog er ein Blatt Papier aus seiner Lederjacke und schob es dem Anwalt hin. Kroll überflog das Papier. „Woher haben Sie das?"

Blut-Svente lächelte sein grimmigstes Lächeln. „Berufsgeheimnis – Sie verstehen? Setzen Sie sich wieder hin."

Kroll konnte nicht glauben, was Horstmüller ihm an diesem Abend alles erzählte. Irgendjemand musste ihn mit Insiderinformationen gefüttert haben.

„Okay", sagte sich der Anwalt. „Wenn mich hier einer fertigmachen will, dann nehme ich aber noch jemanden mit." Also erzählte er Horstmüller von Beckmanns Machenschaften, davon, dass der Baulöwe ihm Mandanten abgeworben hatte, und von seiner Vermutung, dass Beckmann Döring Schmiergelder bezahlt hatte, um dessen Wohlwollen für das Umgehungsstraßenprojekt zu erkaufen.

Wie ein Tiger im Käfig lief Jochen Kroll am nächsten Morgen in seiner Kanzlei auf und ab. Ausnahmsweise hatte er an diesem Tag früher als seine Aushilfe Suse Woltner die Tür zu seinem Büro aufgeschlossen. Es würde noch eine Weile dauern, bis sie zur Arbeit erschien. Er wollte in ihr überraschtes Gesicht sehen, wenn er sie mit der Wahrheit konfrontierte. Mit der Wahrheit, die er entdeckt hatte, als er den Schreibtisch seiner Angestellten bis in den kleinsten Winkel untersucht und gefunden hatte, wonach er suchte: nach Kopien aus seiner Akte Umgehungsstraße.

Kroll war misstrauisch geworden, nachdem Horstmüller ihm Unterlagen gezeigt hatte, die eigentlich niemand zu Gesicht bekommen konnte.

Bis auf zwei Personen. Eine davon war er selber. Die andere öffnete gerade mit erstauntem Blick die Tür zur Kanzlei. Sie trug ihren blauen, tief ausgeschnittenen Pullover. Der Hauch eines sportiven Parfums umwehte die attraktive Studentin. Heute nahm Kroll diese Reize nicht wahr. Heute machte er einen Schritt auf Suse Woltner zu und schlug ihr ohne Vorwarnung mit der flachen Hand kräftig ins Gesicht. Dann packte er die verblüffte Studentin, drückte sie in einen Besuchersessel und forderte sie auf, ihm alles zu erzählen. Suse Woltner blickte ihn nur verwirrt an und stammelte etwas Unverständliches vor sich hin. Sie war völlig überrascht ob der Grobheit ihres Chefs. Ihre linke Wange zeigte schon eine deutliche Rötung.

Schluchzend erzählte sie ihm, was er hören wollte. Erzählte, welche Dokumente sie heimlich kopiert hatte, um mit deren Weiterleitung an Sven Horstmüller ihre Freundin zu schützen. Ihre Freundin Nicki Giatelli, mit der alles Unheil seinen Lauf genommen hatte. Die Horst Döring dazu gebracht hatte, sich gegen eine weitere Umgehungsstraße zu entscheiden.

Währenddessen stellte Karin Jochimsen ihren Dienstwagen schräg auf zwei Parkplätzen vor dem Büro der Beckmann Bau GmbH ab. Zwei Arbeiter in Latzhosen grinsten sie an. Ihre Zigarette drückte sie in einen großen Pflanzkübel neben dem Eingang.

„Jochimsen, Kripo Münster." Sie hielt der jungen Frau am Empfangstresen ihren Ausweis vor die Nase. „Ich möchte zu Herrn Gerrit Beckmann."

„Einen Moment bitte,“ lächelte die junge Frau zurück, drückte auf eine Taste ihres Telefons und deutete mit ihrer freien Hand auf eine schwarze kleine Ledercouch in der Wartezone. Karin Jochimsen blieb stehen. Nach einer Minute erschien der kräftige Mann. Er war gut einen Kopf größer als die Kommissarin. Sein Händedruck war beeindrukkend, genauso wie bei ihrem ersten Verhör vor drei Tagen. Als Dörings Jagdgenosse war natürlich auch Beckmann vernommen worden. Karin Jochimsen kam gleich zur Sache. Sie schob dem Unternehmer die neueste Ausgabe des Emsboten hinüber.

„Was haben Sie dazu zu sagen?“

Beckmann lachte dröhnend. Jochimsen schien unbeeindruckt.

„Glauben Sie immer alles, was in der Zeitung steht?“, wollte Beckmann wissen. Die Polizistin ignorierte seine Frage.

„Es stimmt also nicht, dass Sie von Dörings Tod profitieren?“

Beckmann sah ihr in die Augen. Er zögerte mit seiner Antwort. „Nun ja, vielleicht.“

„Wie darf ich das verstehen?“ Jochimsen sah auf ihre Uhr.

„Ehrlich gesagt, es hängt davon ab, wer Dörings Nachfolger wird. Wird die Umgehungsstraße dann gebaut, profitiere ich davon. Das ist richtig.“ Beckmann überlegte. „Aber dass dieser kleine miese Anwalt Kroll mich öffentlich beschuldigt, in den Tod Dörings verwickelt zu sein, ist ein starkes Stück.“ Er rieb seine rechte Faust in seiner linken Hand. „Vielleicht muss ich mich noch einmal mit ihm unterhalten, von Mann zu Mann.“

Jochimsen schmunzelte, zog eine Zigarette hervor und schob sie zwischen die Lippen.

„Ich dachte immer, Männer spielen nicht mit Heulsusen. Einen schönen Tag noch.“

16.

Verdammt, das war knapp! Mit einem Sprung landete Sven, eine gut gefüllte Plastiktüte in der Hand, auf der anderen Straßenseite. Dass auf dem Teilstück des Orkottens, an dem sich die großen Verbrauchermärkte angesiedelt hatten, Tempo 30 galt hatte sich wohl immer noch nicht in der Bevölkerung herumgesprochen. Der Fahrer, auf dessen Kühlerhaube Sven um ein Haar gelandet wäre, hatte mindestens 50 Sachen drauf, schien sich aber im Recht zu fühlen und drückte wütend und gestikulierend auf die Hupe. Sven grinste und grüßte freundlich zurück. Na ja, das 30-Schild fiel nicht gerade ins Auge, und vermutlich war Mickey Dirks der Einzige weit und breit, der sich daran hielt.

Sven freute sich auf die Tiefkühlpizza, die er sich nach Feierabend gönnen würde. In Sachen Mördersuche gab es momentan absolut nichts zu berichten, und so hatte er heute nur Geschichten über einen Kaminbrand und eine Firmenexpansion recherchiert. Sven bog in das kleine Pättken ein, das an der Bahn entlang Richtung Steintor führte. Er wollte schnell nach Hause und plante, die Abkürzung über den alten Bolzplatz zu nehmen. Schon nach wenigen Schritten war Sven von hohen Hecken, Büschen und mannshohen Brennnesseln umgeben, die den schmalen Weg flankierten und das Licht des frühen Abends schluckten. Wie jedes Jahr zur Kirmeszeit wurde es nun schon früh dämmrig, in einer halben Stunde würde es dunkel sein.

Als er auf den alten Bolzplatz einbiegen wollte, hatte Sven plötzlich das Gefühl, nicht allein zu sein. Sein Herz begann schneller zu pochen, und seine Nackenhaare stellten sich hoch. Er warf einen Blick über die Schulter, konnte aber im Dämmerlicht außer den diffusen Schatten kaum etwas erkennen. Aus den Augenwinkeln glaubte er, eine Bewegung zwischen zwei dunklen Büschen wahrzunehmen. Sven war nie ein Feigling gewesen, aber in Anbetracht der Ereignisse der letzten Tage hatte er keine Lust mehr, den Helden zu spielen. Seine Beine setzten sich in Bewegung, und er ging so schnell wie es ihm möglich war, ohne es nach Flucht aussehen zu lassen, über den Bolzplatz. Unversehens geriet sein rechter Fuß in eines der zahlreichen Kaninchenlöcher. Sven strauchelte, knickte um, fiel, rappelte sich wieder auf und eilte humpelnd weiter. Erst als er die rettende Hauptstraße erreichte, blieb er stehen, holte tief Luft und blickte zurück in die Dunkelheit des Bahnseitenweges. Niemand war zu sehen.

Den restlichen Heimweg legte Sven über beleuchtete Straßen zurück. Als er die Wohnungstür hinter sich geschlossen hatte, lehnte er sich zurück und atmete durch. Sein Fuß tat weh. Leise fluchend zog er den Turnschuh aus. Sein Knöchel war geschwollen und sah nach einer gepflegten Bänderdehnung aus. Sven legte sich aufs Sofa, umwickelte den Fuß mit kalten Umschlägen und bettete ihn auf ein dickes Kissen. Grimmig nahm er sich vor, bei nächster Gelegenheit einen bösen Artikel über den desolaten Zustand der öffentlichen Grünanlagen zu verfassen.

Dann begann er, über seine eigene Situation zu sinnieren. „Ich bin bald Invalide“, dachte er, „Körperlich ein Wrack und mit den Nerven runter.“ Wieso war er ohne handfesten Grund weggelaufen? Er war doch kein kleines Mädchen! Scheinbar hatte ihn sein unfreiwilliger Tauchgang im Wasserwerk stärker mitgenommen, als man äußerlich sehen konnte. Um die trüben Gedanken zu verscheuchen, verspeiste Sven seine Pizza, nahm die Fernbedienung zur Hand und ließ sich von irgendeiner Dokusoap berieseln. Sachte nickte er ein.

Das Klingeln des Telefons ließ ihn hochschrecken. Er blickte auf die Uhr. Es war 21.20 Uhr, er hatte eine gute Stunde geschlafen.

Sven nahm den Hörer und nuschelte: „Ja?"

Eine leise, männliche Stimme zischte zurück: „Horstmüller? Sind Sie das?"

„Glaub` ich schon. Wieso, wer will das wissen?"

„Ich bin Harald Kirchhoff".

Sven fiel vor Überraschung fast der Hörer aus der Hand. „Kirchhoff? Das gibt's nicht. Weiß Ihre Mami, dass Sie mit dem Telefon spielen? Oder ist sie heute Abend nicht zu Hause?"

Die Stimme raunte mit unterdrücktem Ärger zurück: „Doch, sie ist zu Hause. Horstmüller, ich muss Sie dringend sprechen. Ich weiß, wer den Döring umgebracht hat."

Sven setzte sich mit einem Ruck kerzengerade auf. „Wie bitte? Wer denn? Schießen Sie los!"

Die Stimme flüsterte: „Ich kann jetzt nicht reden. Sie wissen, meine Mutter. Wir müssen uns unbedingt treffen, am besten heute Abend noch. Am Spielplatz am Hagen, Richtung Münstertor, um 22 Uhr."

Sven war hin und her gerissen. Einerseits brannte er vor Neugier. Andererseits hatte er keine Lust, sein warmes Plätzchen auf dem Sofa zu verlassen und mit seinem malträtierten Fuß in der Kälte auf dem stockdunklen Hagen herumzuhumpeln, um dieses Muttersöhnchen zu treffen, das Räuber und Gendarm spielen wollte. Wieso hatte dieser Verlierertyp ausgerechnet ihn angerufen? „Kirchhoff, wenn Sie den Täter überführt haben, wieso gehen Sie dann zur Presse und nicht zur Polizei? Wenn Sie mich verarschen wollen, legen Sie lieber schnell auf, denn ich bin momentan absolut nicht in Partylaune."

Das Flüstern wurde zum Flehen: „Nein, Sven, bitte, kommen Sie! Wenn Sie wüssten ... Ich bin in Gefahr, und Sie auch! Kommen Sie!“ Sven wurde es flau im Magen. „Okay, Kirchhoff, ich bin pünktlich.“

Mit einem Kapuzensweater und seinen bequemsten Schuhen ausgestattet, machte Sven sich um viertel vor zehn auf den Weg. Von seiner Wohnung aus war es nicht weit bis zum Treffpunkt, aber er wollte lieber etwas früher da sein, um die Lage zu sondieren. Außerdem machte ihm sein Fuß arge Probleme. Auf seinen Rucksack mit Kamera und weiterer Reporterausrüstung hatte er verzichtet zugunsten besserer Beweglichkeit. Seine Taschenlampe war unauffindbar. Stattdessen hatte er sich dazu durchringen können, eine kleine Dose Reizgas einzustecken, die er seit einer Konfrontation mit einer jugendlichen Sprayerbande im Schrank aufbewahrte.

Was, wenn ihm jemand auflauerte? Vielleicht war sogar Kirchhoff der Schläger, der ihn ins Absetzbecken verfrachtet hatte? Mit diesen Gedanken machte Sven sich auf den Weg. Er ging die Grabenstraße hoch bis zu der Stelle, wo er an der kleinen Brücke, die über den Böhmer Bach zur Marienschule führte, rechts in den Hagen einbiegen konnte. Nun wurde es finster. Die einzige Laterne verbreitete einen trüben Schein, der nur wenige Meter weit reichte. Sven drückte sich rechts an den Hecken entlang. Vor einigen hundert Jahren war längs des Hagens die Stadtbefestigung verlaufen. Jetzt diente Telgtes „Promenade“ als schneller Fahrrad- und Spazierweg und als längstes Hundeklo der Stadt. Sven fragte sich, wie viele Tretminen er wohl im Dunkeln erwischen würde, und beschloss, die Schuhe später vor der Haustür auszuziehen.

Schon war er am Spielplatz angekommen. Da sich seine Augen inzwischen an die Dunkelheit gewöhnt hatten, erkannte er die Szenerie, die von dem sichelförmigen Mond schwach erhellt wurde, und blieb erst einmal hinter der Hekke stehen. Der Spielplatz hatte in der Nacht eine seltsame Atmosphäre; er erschien unwirklich und ein wenig unheimlich, wie eine Kulisse, denn das Wichtigste fehlte: die Kinder. Sven fühlte sich nicht wohl in seiner Haut. Er schaute auf die Leuchtziffern seiner Uhr und stellte fest, dass er drei Minuten zu früh war. Ob Kirchhoff schon irgendwo in der Dunkelheit hockte und auf ihn wartete? Vielleicht auf der Schaukel? Nun musste Sven doch grinsen. Kirchhoff war wirklich ein Typ! Was der ihm jetzt wohl erzählen wollte? Hoffentlich kam er überhaupt. In dem Moment hörte Sven einen leisen Pfiff. Er kam vom Kletterturm. Svens Herz schlug schneller. War das Kirchhoff? Sven betrat langsam den Spielplatz. Er hielt sich am Rand, wollte nicht mitten auf dem Präsentierteller stehen. Noch immer konnte er niemanden sehen.

Da hörte er Kirchhoffs leise Stimme: „Horstmüller, hier oben bin ich, kommen Sie hoch."

Das fehlte noch, eine Kletterpartie im Dunkeln „Nein, danke, ich bleibe lieber unten, hab' mir den Fuß verknackst", gab er zurück.

„In Ordnung, dann komme ich runter, Moment."

Sven bemerkte, wie Kirchhoff etwas tiefer stieg und sich auf ein Podest setzte. „Sven, ist Ihnen jemand gefolgt?"

„Nein, warum fragen Sie das? Kirchhoff, was ziehen Sie hier für eine Show ab? Welche unglaublichen Neuigkeiten haben Sie denn für mich?"

Kirchhoff holte tief Luft und begann: „Ich habe den Mord beobachtet. Außerdem bin ich sicher, dass der Mörder weiß, dass ich ihn kenne, und er verfolgt auch Sie, Sven, das habe ich mit eigenen Augen gesehen!" Kirchhoff legte eine Kunstpause ein, und Sven lief es eiskalt den Rücken runter. Was, wenn die nächste Attacke auf ihn nicht so glimpflich ausgehen würde wie im Wasserwerk? Er bekam es mit der Angst zu tun. „Mann, jetzt reden Sie doch!"

Noch immer schwieg Kirchhoff. Dann sagte er leise: „Sie halten mich für einen Wichtigtuer, der sein armseliges Leben ein bisschen aufregender machen will. Aber ich schwöre, dass das, was ich sage, die Wahrheit ist. Ich habe zuerst meinen Augen nicht getraut, aber ich habe mir im Nachhinein das Motiv dieser Person zusammengereimt, und nun sehe ich alles klar! Zur Polizei kann ich aus gutem Grund nicht gehen, glauben Sie mir. Ich stecke selbst viel zu tief mit drin." Sven riss der Geduldsfaden. Er zischte: „Kirchhoff! Entweder Sie reden jetzt endlich Tacheles, oder ich gehe auf der Stelle wieder nach Hause!"

Harald Kirchhoff räusperte sich leise. Dann richtete er sich auf und fuhr fort: „An dem Tag, im Klatenberg, da kam ich mit den Flinten, die ich für Döring aus dem Auto holen sollte, zum Treffpunkt zurück. Döring hat mich immer wie seinen Lakaien behandelt. Aber na ja, egal. Jedenfalls war ich fast angekommen, als ich ein Geräusch hörte, ein lautes Knacken. Döring hat es auch gehört. Und das war verdammt kein Wildschwein." Sven hielt den Atem an. Kirchhoff fuhr fort: „Ich dachte, ich sehe nicht richtig."

In diesem Moment zerriss ein ohrenbetäubender Knall die Stille der Nacht. Kirchhoff sah Sven einen Moment lang ungläubig an, dann wurde sein Blick glasig, und ein dünnes Rinnsal Blut sickerte aus seinem Mundwinkel. Er sackte in sich zusammen und fiel wie in Zeitlupe von dem Podest in den Sand, der im fahlen Mondlicht silbrig glänzte.

Sven stand einen Moment lang wie betäubt da und starrte auf den Mann, der vor ihm im Sand lag. Unter Harald Kirchhoff breitete sich in kurzer Zeit ein dunkler Fleck aus. Dann löste sich Sven aus seiner Starre und ließ sich vor Kirchhoff in den Sand sinken. Er versuchte, den Puls an dessen Handgelenk zu tasten, konnte aber keinen spüren. In der Dunkelheit war es ihm auch nicht möglich zu erkennen, wo Kirchhoff getroffen worden war. Dass es ein Schuss gewesen war, der den Beamten niedergestreckt hatte, war klar. Alles war voller Blut. Oh Gott, Sven musste sofort einen

Notarzt rufen. Das Handy! Wo war es? Verflucht, in der Lederjacke, und die hing zu Hause. Das konnte nicht wahr sein!

„Harry, halt durch, ich hole Hilfe! Halt durch!“

Sven sprang auf und hastete vom Spielplatz. In einigen der Häuser hinter den hohen Hecken gingen Lichter an. Sven lief humpelnd den Weg zurück, den er gekommen war. Er musste unbedingt beim erstbesten Haus klingeln und einen Notruf absetzen. Als er in die Grabenstraße einbog, wurde er plötzlich von einem Lichtkegel geblendet. Sven wich zurück.

„Na, wen haben wir denn da?“, fragte eine dunkle Frauenstimme. „Ist das nicht unser eifriger Lokalreporter? Und so blutig! Waren Sie auf der Jagd, Herr Horstmüller?“

Sven atmete erleichtert auf. „Frau Jochimsen, Gott sei Dank! Auf dem Spielplatz liegt Harald Kirchhoff, auf den wurde geschossen, ich glaube, der ist tot!“

Die Kommissarin blies Sven eine Rauchwolke ins Gesicht. Dann nahm sie ihr Handy, drückte Wahlwiederholung, wartete zwei Sekunden und bellte: „Dirks, schicken Sie auf der Stelle einen Notarzt und ein Team aus Münster zur Grabenstraße, Ecke Juffernstiege! Und Sie erscheinen hier ebenfalls in Lichtgeschwindigkeit!“

Dann nahm Kommissarin Jochimsen ein Paar Handschellen aus der Tasche, die sich einen Moment später mit einem metallischen Klicken um die Handgelenke eines völlig entgeisterten Sven Horstmüller schlossen.

17.

Schon von weitem schlug Grüngräber die Kirmesmusik entgegen. Sein Herz passte sich dem Rhythmus des ewigen „ntss-ntss-ntss“ der Bässe an, das aus den Lautsprechern der Fahrgeschäfte dröhnte. Sofort wurde ihm schwindelig. Eigentlich lag ihm nichts an Jahrmärkten und Freizeitparks. Doch der Kirmes stattete er trotzdem jedes Jahr einen Besuch ab.

Langsam bahnte er sich vom Rathaus aus seinen Weg durch die Menschenmassen. Vor der Großen Orgel blieb er kurz stehen. Er kramte in seinen Taschen nach einem Euro und warf ihn ein. Die Orgel mit ihren kitschigen goldenen Engeln stand Jahr um Jahr an derselben Stelle. Gerade erst hatte der Bürgermeister mit dem üblichen Fassanstich das Volksfest eröffnet.

Die Stirn in Falten gelegt, drehte Grüngräber sich um. Die laute Musik ließ seinen Kopf pochen. Nein, der heutige Teenie-Pop war nichts für ihn. Dann doch lieber die Musik von damals, Pink Floyd zum Beispiel. Doch auch die Preise für eine Karussellfahrt bereiteten ihm Kopfweh. Drei Euro für zwei Minuten Spaß, das waren früher immerhin mal sechs Mark. Er würde sich das Umrechnen wohl niemals abgewöhnen können.

Grüngräber beließ es dabei, sich wie jedes Jahr eine Tüte Mandeln zu kaufen, und ging dann zurück Richtung Rathaus gegen den Strom von Kindern, gestressten Eltern und Jugendlichen. Er brauchte Ruhe, denn nicht zuletzt wegen der Kirmes kreisten die Gedanken in seinem Kopf wie eine Achterbahn. Elsa Feldmann war verhaftet worden. In allen

Ecken der Stadt, von Vadrup bis Raestrup, tratschte man heftigst. Ob sie nun die Mörderin sei? Und dass man das bei Frau Feldmann nicht gedacht hätte. Nicht bei ihr, sie sei doch immer so freundlich gewesen. Aber die Eifersucht ...

Eifersucht ließ die Menschen schreckliche Dinge verrichten. Taten, zu denen sie sonst niemals in der Lage gewesen wären, schienen die einzige Lösung zu sein. Doch Grüngräber hielt nichts von dem Geschwätz der Leute. Er würde es erst glauben, wenn Horstmüller die Auflösung des Falls schwarz auf weiß in seinem Emsboten gedruckt hatte.

Als Grüngräber das Rathaus erreichte, atmete er erleichtert auf. Ohne nachzudenken, setzte er seinen Weg zum Friedhof fort. Die Stille würde ihm gut tun. Sein Blick fiel auf die Fahrräder, die wie jedes Jahr am Kirmes-Wochenende vor, neben und hinter dem Rathaus zu einem Meer aus Sätteln, Lenkern und Metall verschmolzen.

Die Kirmesmusik vermischte sich mit dem sachten Knirschen von Sand und feinem Kiesel unter Grüngräbers Füßen, als er die Friedhofsallee entlang schlenderte. Er hatte kein Ziel vor Augen, er sehnte sich lediglich nach der Wirkung, die Friedhöfe seit jeher in ihm auslösten. Die andächtige Stille, das Rauschen von Wind in Bäumen, das man bei dem Straßenverkehr heutzutage viel zu selten hörte. Außer einer älteren Frau mit weißen Haaren und Blumenkittel, die akribisch Unkraut auf einem der Gräber zupfte, war augenscheinlich niemand auf dem Friedhof.

Während er Baum für Baum hinter sich ließ, betrachtete er die Reihe der Kindergräber. Klein und bunt geschmückt lagen sie da und schienen irgendwie verloren und fehl am Platz. Grüngräber schritt durch die Reihen. An einem Grab blieb er schließlich stehen. „Tom Winter“ war in verschnörkelter Schrift in den Stein gemeißelt worden. Grüngräber erinnerte sich. Der kleine Junge war in der Fußgängerzone am Marktplatz von einem zu schnell fahrenden Auto erfasst worden. Schrecklich war das gewesen. Doch selbst solche Taten schreckten Raser nicht ab, kaum einer hielt sich an die Geschwindigkeitsbegrenzung. Dabei war der Unfall noch gar nicht lange her. Ein halbes Jahr vielleicht. Genau wusste er es nicht mehr.

Kopfschüttelnd kehrte Grüngräber um und machte sich auf den Weg nach Hause, zurück in die Vogelsiedlung.

*

„Also, Herr Horstmüller“, Kommissarin Jochimsen ließ das Feuerzeug aufflammen und steckte sich eine Zigarette in den Mundwinkel. „Um Ihre Version der Geschichte noch mal zusammenzufassen: Um halb zehn am gestrigen Abend rief Harald Kirchhoff Sie zu Hause an und vereinbarte ein Treffen um zehn am Kinderspielplatz am Hagen. Sie sind zur vereinbarten Zeit erschienen.“ Jochimsen blies den Rauch in die Luft. „Und als Harald Kirchhoff Ihnen den Mörder von Horst Döring nennen wollte, wurde er erschossen. Sie sind zu ihm gegangen, fühlten den Puls und wollten Hilfe holen. Ihre Hände waren blutig, als Sie mir in die Arme gelaufen sind.“ Die Kommissarin krempelte die Ärmel ihrer grauen Bluse hoch. Sie redete sich richtiggehend in Fahrt. „Vernehmungen sind eindeutig die Karamellbonbons in meinem Beruf“, dachte sie. „Oft klebrig in die Länge gezogen, aber immer eine süße Abwechslung.“

Sie beobachtete den ihr gegenüber sitzenden Reporter des Emsboten. Riskierte er sonst in seinem Tagesblatt gern mal eine dicke Lippe, so saß er im Moment stumm am Schreibtisch. Unruhig rutschte er hin und her, schlenkerte mit den Füßen und kratzte sich am Ellenbogen, als fühle er sich unwohl in seiner Haut.

„Wir haben keine Tatwaffe entdeckt, weder vor Ort, noch in Ihrer Wohnung. Außer Herrn Kirchhoffs Blut an Ihren

Händen haben wir also keinerlei Beweise, die gegen Sie sprechen könnten.“ Mit hoch gezogener Augenbraue starrte sie Horstmüller an, zog an ihrer Fluppe und wartete. „Sie können nach Hause gehen“, sagte sie schließlich.

Horstmüller sackte für einen kurzen Moment in sich zusammen, bevor er aufstand und seine Jacke von der Stuhllehne nahm.

„Nur noch ein letztes Mal: Sie sind sich ganz sicher, dass Sie niemanden gesehen haben?“

Horstmüller war zwischen Tür und Schreibtisch stehen geblieben und blickte sich um. Er schüttelte den Kopf. „Wie gesagt, es war dunkel, und ich war in dem Moment geschockt, sodass ich mich zu spät nach dem Täter umgedreht habe. Is’ ja auch nicht so ganz alltäglich, dass vor meinen Augen jemand erschossen wird.“

„Okay“, widerwillig nahm die Kommissarin seine Antwort auf. „Na los, gehen Sie schon, Horstmüller.“

Nachdem die Tür ins Schloss gefallen war, drehte sie sich zu ihrem Kollegen um. „Dirks, was macht unsere Frau Feldmann? Endlich ein Geständnis abgelegt?“

„Ja. Sie gibt zu, Nicki Giatelli bedroht zu haben. Auch eine Bespitzelung derselben hat sie bereits gestanden. Allerdings ...“

„Haben wir immer noch keine Anzeige vonseiten des Opfers, ich weiß.“ Die Kommissarin seufzte laut, bevor sie von einem Hustenreiz geschüttelt erklärte: „Ich verstehe nicht, warum sie nicht schon eher zu uns gekommen ist.“

„Das zum einen. Zum anderen frage ich mich, warum sie sich keinen Anwalt nimmt und die Person, die sie gequält hat, dahin bringt, wo sie hingehört.“

Dirks schien der gleichen Meinung zu sein wie sie. Offensichtlich gedankenverloren blickte er aus dem Fenster. Hinter der Scheibe schoben sich die Menschen zu Hunderten zwischen den Fahrgeschäften und Kirmesbuden hindurch.

„Ich werde mich gleich noch mal mit Frau Giatelli unterhalten. Mal sehen, was ich erreichen kann. Wenn Sie wollen“, Jochimsen deutete mit einer unbestimmten Bewegung aus dem Fenster, „können Sie sich unter die Leute mischen. Ist ja auch sonst selten was los in diesem Dorf.“

Schmunzelnd betrachtete sie ihren Kollegen, der mit erfreutem Gesichtsausdruck aus dem Raum eilte. Sobald sie allein war, wurde sie nachdenklich.

„Karin“, sagte sie sich, „hier sind möglicherweise zwei Mörder auf freiem Fuß, und du hast ihnen noch nicht das Handwerk gelegt. Das ist doch sonst nicht deine Art.“

18.

Erleichtert schloss Sven die Tür des Verhörraumes und verließ geradewegs durch den Haupteingang das Rathaus Richtung Baßfeld. Von rechts hörte er den lauten Trubel der Kirmes. Die Straßen waren voll, und die Musik der Karussells schallte vom Emsparkplatz herüber. Das wäre jetzt genau das Richtige, dachte er sich. Mit ein paar Kumpels eine schöne Kirmesrallye zu machen und dabei einige kühle Bierchen zu vernichten. Er nahm sich vor, auf direktem Weg in die Redaktion zu gehen und seinem Chef ein paar Tage Urlaub aus dem Kreuz zu leiern.

Sven überquerte das gesperrte Baßfeld in Höhe des VHS-Hauses und ging in Richtung Steinstraße. „Erst wäre ich fast ersäuft und jetzt auch noch fast erschossen worden“, sinnierte er auf dem kurzen Fußweg zum Marktplatz. Nein, es war allerhöchste Zeit, seinem Alter Ego „Blut-Svente“ einen Kurzurlaub zu gönnen. Im Übrigen hatte die Auflösung von Suses Rätsel nicht gerade ein großes Kribbeln in seiner Nase ausgelöst. Elsa Feldmann, inzwischen wegen Stalkingvorwurfs in Haft, traute er in keinem Fall einen Mord zu. Erst recht keinen, bei dem man eine 90 Kilo schwere Leiche ins Absetzbecken des Wasserwerkes schleifen musste. Grüngräber schied auch aus, der war viel zu nett. Über Kirchhoffs Ableben zu schreiben, verbot sich von selbst, außerdem hatte Frau Jochimsen ihm dringend davon abgeraten, als Quasi-Beteiligter öffentlich über den Mord zu berichten. Also konnte er momentan offensichtlich sowieso nichts schreiben.

Mit diesen Gedanken betrat er die Redaktion und verließ sie schon zehn Minuten später wieder. Sein Chefredakteur arbeitete hier zu jeder Tages- und Nachtzeit. Obwohl dieser durchaus von Svens Hartgesottenheit überzeugt war, hatte er nach den jüngsten Geschehnissen Verständnis für dessen Wunsch nach ein paar Tagen Auszeit. Sven nahm das an der Redaktion geparkte Hollandrad und fuhr in gemütlichem Tempo zu seiner Wohnung. Nach einer schnellen Dusche machte er sich zu Fuß auf den Weg zur Kirmes.

*

Bewegte Ziele waren wahrlich nicht seine Stärke. Er presste den hölzernen Schaft des Gewehres gegen seine Schulter. Jetzt durfte er nicht daneben schießen. Er versuchte, sich zu konzentrieren und die Luft anzuhalten wie ein Biathlet auf dem Schießstand. Kimme und Korn in Gleichklang bringen, Finger ruhig am Abzug halten. Nur wenn das Projektil mit vollem Umfang in der Mitte des Opfers aufprallte, konnte er sicher sein, dass es auch tatsächlich zu Boden ging. Ein letzter Moment Ruhe, er sog tief die Luft in seine Lungen, dann entließ die Waffe fünfmal in kurzen Abständen ihre leichte Rückschlagwirkung in seine Schulter. Nachdem die gedämpften Schüsse verhallt waren, machte sich großes Gejohle breit.

„Tja, Sven, zahlen und fröhlich sein!“, rief ihm ein sichtlich gut gelaunter Mickey Dirks zu. Tatsächlich hatte sich nur ein Exemplar des durch die Schießbude laufenden Großwildes der miserablen Schießattacke ergeben. Svens Kumpane hatten alle mindestens drei von fünf Treffern.

„Ist schon klar“, gab Sven zurück, „das Ballern, zumindest mit Gewehren, gehört auch nicht zu meinen Kernkompetenzen. Die Kriegsdienstverweigerungskommission hat mir außerdem verboten, Waffen zu tragen, geschweige denn, welche zu benutzen!“ Der Abend begann für Sven allmählich richtig teuer zu werden. Und das, wo seine Oma ihm schon lange kein Kirmesgeld mehr zusteckte und er gewiss nicht das Geld mit Schubkarren aus der Redaktion abtransportierte.

Auf der Kirmesrallye hatte er bereits beim Fädenziehen keinen höheren Wert gezogen. Beim Entenangeln waren vier von fünf Enten schlappe Einer, und beim Pferderennen wollte die verdammte Kugel einfach nicht durch die Löcher fallen. Lediglich beim Liebesbarometer, einer nur mit Glück zu meisternden Disziplin, hatte es zu einem dritten Platz gereicht.

„Quatsch keine Opern, schaff lieber in Lichtgeschwindigkeit die kühlen Bierchen ran!", entgegnete Dirks.

„Ihr müsst aber kurz warten, ich muss vorher mal für kleine Königstiger", antwortete Sven und machte sich, nicht mehr ganz nüchtern, in Richtung Weinstand auf. „Bin gleich zurück, dann begleich ich meine Ehrenschulden!", rief er seinen Jungs zu.

Ausnahmsweise hatten die Betreiber der Kirmes dieses Jahr ausgesprochenes Glück mit dem Wetter. Der Tag war sonnig und heiß gewesen und der Abend lau. Dichte Menschentrauben drängten sich um den Weinstand. Niemand hatte ob der milden Temperaturen und der guten Stimmung auch nur einen Gedanken ans Nach-Hause-Gehen verschwendet. Der Mariä-Geburtsmarkt war wirklich ein Phänomen. Man traf hier Leute, die man das ganze Jahr über nicht einmal in Telgte getroffen hatte. Alte Schul- oder Sandkastenfreunde, Ex-Freundinnen, Mütter von Ex-Freundinnen, alte Fußballkollegen und jede Menge anderer Gestalten aus offensichtlich existierenden Parallelwelten der Emsstadt. Und so stand Sven nach einigen kurzen Affektgesprächen das Wasser mittlerweile bis zum Hals. Eine hartnäckige Grundschulfreundin wimmelte er ab mit den Worten: „Entschuldige, aber ich muss mal dringend aufs Töpfchen. Wir sehen uns bestimmt gleich noch in der ‚Zornigen Dame'."

Hier traf man sich, wenn die Mitarbeiter des Weinstandes ihre Klappen schlossen und immer noch ein Pils zwischen Leber und Milz passte. Im Laufschritt nahm Sven die letzten Meter, an den Schaustellerwohnwagen vorbei, in Richtung Emsufer. Bereits im Laufen erledigte er vorbereitende Tätigkeiten für sein dringendes Geschäft. An einem Gebüsch angekommen, atmete er erleichtert aus und ließ den Dingen ihren Lauf.

Plötzlich hörte er hinter sich schnelle Schritte, und Sekunden später spürte er eine Hand auf seiner Schulter, die fest zupackte und ihn umdrehen wollte.

„Vorsichtig, oder sind Sie an einer Dusche interessiert?", keuchte er.

„Was ist mit Harald passiert?", zischte eine wütende Frauenstimme in sein Ohr. Er spürte, wie ihm Speicheltropfen auf die Wange spritzten. Und er roch den von Alkohol geschwängerten Atem der Frau.

Sven wirbelte herum, ergriff das Handgelenk der Frau und hielt sie sich so, zumindest kurzfristig, vom Leib. „Frau Mahlberg-Döring, was machen Sie denn hier?", fragte er verblüfft.

„Das fragen Sie mich? Harald hat mich am Abend seines Todes angerufen. Der Akku meines Handys war leer, aber Harald hat auf meine Mailbox gesprochen. Er hatte solche Angst! Man konnte es in jedem seiner Worte hören. Er hatte Angst um sein Leben! Was hat er Ihnen gesagt, und was steht in dem Brief, den er Ihnen geschrieben hat?"

Sven war auf einmal wieder stocknüchtern. „Moment Mal, Frau Mahlberg-Döring, von was für einem Brief sprechen Sie eigentlich?"

„Harald hat gesagt, er habe Ihnen einen Brief zukommen lassen, in dem der Mörder von Horst entlarvt werde. Ich solle Kontakt zu Ihnen aufnehmen, falls ihm etwas passiere. Aus irgendwelchen Gründen hatte er kein Vertrauen zu den Ermittlern der Polizei. Ich weiß nicht, warum. Was soll die Jochimsen mit Horst zu tun haben? Mickey Dirks ist außerdem der liebenswürdigste Dorfpolizist, den man sich vorstellen kann."

„Das sehe ich genauso, Frau Mahlberg-Döring. Ist vielleicht ein Maulwurf im Ermittlerteam, der den Mörder auf dem Laufenden hält? Zum Mord an Kirchhoff weiß ich wirklich nichts. Er hat mir telefonisch die Enthüllung des Mörders Ihres Mannes angekündigt. Leider konnte er mir sein Geheimnis nicht mehr anvertrauen. Es muss jemanden geben, der sehr gut informiert ist. Ich habe mittlerweile auch gehörig die Hosen voll. Vielleicht bin ich der Nächste. Zweimal hat der Mörder es schon versucht. Ich fürchte, den dritten Anschlag überlebe ich nicht. Gehen Sie nach Hause, Frau Mahlberg-Döring. Schlafen Sie sich aus. Ich gehe jetzt zu meiner Wohnung und schaue nach, ob der Brief von Kirchhoff im Kasten liegt. Dann telefonieren wir morgen. Vielleicht hat dieser ganze Albtraum dann endlich ein Ende."

Barbara Mahlberg-Döring schlich schluchzend in Richtung Clemenskirche davon.

Sven eilte zurück zu seinen Kumpanen, die sich mittlerweile die Beine gehörig in den Bauch gestanden haben mussten. Aber fast alle waren noch da. Klar, wenn es Freibier gibt, geht keiner zu früh nach Hause. Sven servierte noch eben seine verlorene Runde Bier, bevor er sich verabschiedete.

Die Kumpel protestierten: „Bleib doch noch. Was ist denn jetzt auf einmal los mit dir? Ist doch erst elf. Mann, wirst du älter?"

„Sorry, aber ich muss noch etwas Dringendes erledigen", entschuldigte sich Sven. „Dienstagmorgen auf dem Pferdemarkt lassen wir es noch mal richtig krachen. Bis dann." Er gönnte sich noch einen Backfisch mit Knoblauchsauce, dann machte er sich auf den Heimweg.

An seiner Wohnung angekommen, öffnete er rasch den Briefkasten. Ihm fiel ein riesiger Haufen Reklameblätter und Gratiszeitungen entgegen, die sich dort innerhalb der letzten zwei Tage angesammelt hatten. Aber zwischen all der Werbung fand er auch ein paar Rechnungen und einen handschriftlich adressierten Brief ohne Absender. Mann oh Mann, das musste er sein! Nachrichten aus dem Jenseits.

„Harald, wer ist es gewesen?", sprach er leise zu sich und öffnete den zugeklebten Umschlag mit dem Daumen. Er entnahm eine krakelig geschriebene Nachricht.

„Ich kenne den Mörder", las Sven. Kirchhoff musste wirklich gewaltig unter Stress gestanden haben, die Schrift war kaum zu entziffern. Er las. Ihm stockte der Atem, und sein Magen drehte sich vor Entsetzen um. Wer sollte das ahnen? Bevor er weiterlesen konnte, rauschte von hinten etwas auf seinen Kopf herab. Und im nächsten Augenblick war alles schwarz.

19.

Er schwitzte fürchterlich. Angst, panische Angst kroch in ihm hoch. Er merkte, dass sich die Schlinge um ihn herum immer enger zuzog. Er hatte zwei Menschen auf dem Gewissen, einen dritten niedergeschlagen. Aber was blieb ihm übrig?

Horstmüller war nicht zu unterschätzen, das wusste er. Wenn der sich an einer Geschichte festbiss, dann gab er erst auf, wenn sie es sauber durchrecherchiert bis ins Blatt geschafft hatte. Den ganzen Abend hatte er Horstmüller daher auch nicht aus den Augen gelassen. Bei den Heerscharen, die während des ersten Kirmestages unterwegs waren, keine leichte Aufgabe. Kaum dreht man sich mal für einen Moment zur Seite, geht die Sucherei schon los.

Auch Horstmüller hatte offenbar solch einen Moment erwischt. In all dem Gewusel fand er ihn dann aber doch wieder. Allerdings nicht allein. Barbara Mahlberg-Döring war plötzlich auf Horstmüller zugegangen – wenn auch in einem eher unpassenden Moment. Sie fuchtelte wild mit ihren Armen herum und redete auf den Reporter ein. Um was es ging, konnte er nur bruchstückhaft verstehen. „Brief... Kirchhoff kannte den Mörder..." Obwohl die Musik der Kirmesorgel sich lärmend über das Gemurmel der Bier trinkenden Jahrmarktbesucher legte, reichten diese paar Brokken aus, um sein Herz zum Rasen zu bringen.

„Ich bin geliefert", war sein erster Gedanke. Andererseits: Wenn Horstmüller diesen Brief schon gekannt hätte, wäre er damit längst zur Polizei gegangen oder hätte sich im Emsboten dafür feiern lassen. „Der Brief! Ich muss diesen Brief haben", redete er sich ein. Immerhin ein Strohhalm, an den er sich klammern konnte.

Als er gesehen hatte, dass Horstmüller beinahe überstürzt die Kirmes verlassen wollte, war er ihm instinktiv gefolgt. Im Sicherheitsabstand – der Emshagen war stockdunkel. Seine Hände zitterten. Auf der Holzbrücke über dem großen Emswehr griffen sie nach einer der Bierflaschen, die vermutlich eine Gruppe Jugendlicher beim Vorglühen für die Kirmes dort leer getrunken hatten.

Horstmüller bog vom Kirchplatz nach rechts in die Mühlenstraße ab. Mit der linken Hand kramte der Reporter schon nach seinem Schlüssel – ging aber nicht sofort ins Haus, sondern blieb vor der Tür stehen und öffnete den Briefkasten. Jetzt oder nie! Der Schlag saß. Bloß schnell den Brief nehmen und dann nichts wie weg. Die Mühlenstraße war wie ausgestorben. Er überquerte im Laufschritt den Knickenbergplatz , auf dem um diese Uhrzeit ebenfalls der Hund begraben war. Den Flaschenhals, den er noch in der Hand hielt, warf er in den Glascontainer. Zwei Minuten später fiel die Tür seiner kleinen Wohnung hinter ihm zu. Geschafft!

Er zog den Brief aus der Jackentasche. Schweißperlen tropften von seiner Stirn auf das blütenweiße Papier. Die Tinte der ohnehin schwer lesbaren Handschrift verschwamm dadurch noch mehr. Er überflog rasch die Sätze, die ihn ans Messer geliefert hätten, und zerriss die Bögen in tausend Fetzen. Die Schnipsel legte er aus lauter Not in seine Nirosta-Spüle und zündete sie an. Stück für Stück verkohlte ein Beweismittel.

Wie hatte es nur so weit kommen können? Er hatte doch extra eine Therapie gemacht. Die Ärzte im Rochus-Hospital waren so sicher gewesen, dass sie ihm helfen können. Und trotzdem hatte er die Nerven verloren. Weil Döring alles abgestritten hatte. Dieses Miststück, dieser Feigling. Hatte ein siebenjähriges Kind einfach verbluten lassen. Ein Leben, das noch gar nicht richtig begonnen hatte, war schon wieder zu Ende. Wegen einer Fahrerflucht. Einer albernen Fahrerflucht.

*

Karin Jochimsen wusste im ersten Moment nicht, ob sie träumte.

„Brücke an Käpt'n, Brücke an Käpt'n – ein Anruf für Sie", schnarrte die Stimme von Mr. Spock aus ihrem Handy. Ein Freund – seit frühester Kindheit ein Fan vom Raumschiff Enterprise – hatte ihr diesen Klingelton besorgt.

„Ja, Jochimsen hier", murmelte die Kommissarin kaum verständlich ins Telefon. Ihre müden Augen fielen auf den Radiowecker neben ihrem Bett. 0.14 Uhr. „Was? Das gibt's doch nicht! Ich komme sofort!"

Der Dienst habende Notarzt in Telgte hatte sie soeben darüber informiert, dass der RTW gerade auf dem Weg nach Münster sei. „Schlägerei auf der Mühlenstraße", habe die Leitstelle als Einsatzbefehl herausgegeben. Als die Rettungssanitäter wenig später dort eintrafen, lag Horstmüller blutüberströmt auf dem Asphalt. Er war nicht bei Bewusstsein, lebte aber noch. Während der Fahrt zum Franziskus-Hospital schlug er für einen kurzen Moment die Augen auf. Wollte etwas sagen, aber seine Lippen brachten nur ein stöhnendes Gebrabbel hervor. Der Sanitäter, der neben ihm saß, streichelte ihm den Kopf, der inzwischen mit einem stattlichen Verband umwickelt war, um die Blutungen zu stoppen.

„Bleiben Sie ganz ruhig, wir sind gleich da", versuchte er, seinem Patienten gut zuzureden. Durch das monotone Quietschen der Trage, auf der er lag, und das starke Schmerzmittel, das man ihm offensichtlich gespritzt hatte, schlief

Horstmüller augenblicklich wieder ein. So bekam er gar nicht mit, dass er aus dem Rettungswagen gleich in die Notaufnahme der Klinik gebracht wurde.

„Ein Kapillarriss in der Schädeldecke, dazu eine Gehirnerschütterung und diverse Schnittwunden", fasste der übel gelaunte und vom Schlafmangel gezeichnete Assistenzarzt zusammen, als er Karin Jochimsen den Befund in Kurzform vortrug. „Der Patient braucht absolute Ruhe und wird in den nächsten zwei bis drei Tagen nicht vernehmungsfähig sein."

„Aber ..."

„Kein Aber", wiederholte der Mann in Weiß.

„Hier geht es um eine Ermittlung in einem Mordfall. Was rede ich – in zwei Mordfällen", ereiferte sich die Beamtin. „Und fast wäre noch ein dritter hinzugekommen", hatte sie auf einmal richtig Lust, den arroganten Doc, der vom Alter her ihr Sohn sein konnte, so richtig in den Stiefel zu stellen.

„Es ist jetzt zehn nach eins. Um sechs Uhr stehe ich wieder hier und will dann mit Horstmüller sprechen. Ist das klar?"

Wortlos gingen die beiden auseinander. Draußen vor der Tür atmete Jochimsen erstmal kräftig durch. Und schon meldete sich ihr Lungenschmacht. Sie ließ sich auf eine Bank fallen und steckte sich eine Zigarette an. „Hier bitte nicht rauchen", las sie auf einem Schild der Krankenhausleitung. „Die können mich mal", dachte die Kommissarin und warf ihr schlechtes Gewissen über Bord.

Na toll, das würde ja ein schöner Sonntag werden. Dirks hatte sie frei gegeben, weil er darum gebeten hatte, am Telgter Nationalfeiertag mit seinen Freunden einen Zug durch die Gemeinde machen zu dürfen. Ersatz gab's keinen. Und es hatte ja auch gar keinen Sinn, sich für zwei Tage einen anderen Assistenten an Land zu ziehen, der bei diesem Fall von

Tuten und Blasen keine Ahnung hatte. Sie rief sich ein Taxi und fuhr zurück zu ihrer Wohnung. Sie wollte wenigstens noch ein paar Stunden schlafen, um fit zu sein für das, was da so alles passieren möge. Sie würde der Lösung des Falls näher kommen. Das spürte sie.

20.

Als er an diesem Morgen erwachte, war der Verband wieder durchgeblutet. So durfte er in keinem Fall zur Arbeit gehen! Er konnte weder scherzhaft noch ernst gemeinte Nachfragen gebrauchen. Vielleicht musste die Schnittwunde, die er sich an der Hand zugezogen hatte, als er mit der Bierflasche zuschlug, ja doch genäht werden? Aber welchem Arzt sollte er sich anvertrauen? Missmutig riss er den schmutzigen Verband herunter, während er die letzten verkohlten Überreste des verräterischen Briefes durch den Abfluss seiner Spüle schickte.

Sein Opfer Sven Horstmüller lag zur selben Zeit im Franziskus-Hospital in Münster und bekam von alldem nichts mit. Da sich sein Zustand verschlechtert hatte, war er am Sonntag gegen 3.50 Uhr von den Ärzten in ein künstliches Koma versetzt worden. So lag Blut-Svente nun ganz in Weiß wie ein Friedensengel in seinem Krankenhausbett und sagte ausnahmsweise keinen Mucks.

So konnte Kommissarin Jochimsen ihren wichtigen Zeugen natürlich nicht befragen, als sie pünktlich um 6 Uhr am Sonntag im Franziskus-Hospital erschienen war. Dabei war es ihr schwer genug gefallen, nach nur drei Stunden Schlaf wieder aus dem Bett zu krabbeln. Den ganzen Sonntag hatte sie dann stattdessen in Telgte versucht, die Umstände der Schlägerei auf der Mühlenstraße zu ermitteln. Aber es hatte sich niemand finden lassen, der Zeuge der tätlichen Auseinandersetzung geworden, geschweige denn selbst aktiv daran beteiligt war. Es war wie verhext! Gewöhnlich saß die Zunge ziemlich locker, wenn es um solche Dinge wie Schlägereien ging. Die Befragten wetteiferten meist sogar darum, berichten zu dürfen, wie alles angefangen, wer im weiteren Verlauf wem eins übergebraten und vor allem wer die Prügel schon lange verdient hatte. Jetzt aber war es fast so, als habe es nie eine Schlägerei gegeben! Außer dem schwer verletzten Sven Horstmüller und einer blutverschmierten Bierflasche ohne Hals gab es keine Hinweise. Und Horstmüller lag vernehmungsunfähig auf der Intensivstation, der Rest der Bierflasche in der Warteschleife der Kriminaltechnischen Untersuchung.

Ein völlig verschenkter Sonntag lag also hinter Karin Jochimsen, als sie am Montag früh ihren Dienst in Telgte aufnahm, und ihre Laune war so schwarz wie die Asche, die sich vor ihr im Aschenbecher türmte. Gleich würde auch noch Dirks hereinmarschieren und nach seinem freien Kirmessonntag bester Laune sein.

Auch Lena musste an diesem Montag mit einer Verwundung fertig werden. Wie hatte sie sich doch auf die Kirmes gefreut! Besonders auf das Ponyreiten. Dafür hatte sie extra drei Wochen lang ihr Taschengeld zurückgelegt. Doch dann hatte ihr Vater am Sonntag unbedingt ins Büro gemusst und ihre Mutter keine Lust, mit ihr auf die Kirmes zu gehen. Das Schlimmste war, dass Lenas Eltern ihren Kummer überhaupt nicht verstanden. Ob man auf der Kirmes gewesen war oder nicht, davon hing doch die Welt nicht ab, meinten sie. Niemand verstand sie! Außer vielleicht dieser komische alte Mann mit dem Krückstock.

Zwar wusste Lena noch nicht einmal seinen Namen, und er konnte auch nicht so tolle Rätsel machen wie Suse, Lenas Babysitterin, die hin und wieder kam, wenn die Eltern abends eingeladen waren.

Montags musste Lena immer erst zur dritten Stunde zur Schule, und ihre Eltern waren schon lange aus dem Haus gegangen. Deshalb saß Lena jetzt auf der Bank unter der Kastanie und zwischen den geschlossenen Buden und Karussells. Da saß sie und wartete auf Fritz Meierbrink.

Auch Fritz Meierbrink war in der letzten Zeit nicht unbeschadet geblieben. Seinen Verbandsturban hatte er zwar mittlerweile abgelegt, aber die Schrammen an seinem Selbstwertgefühl als Sherlock Holmes von Telgte waren tief. Die Sache mit Elsa Feldmann und der Jägerkleidung war ausgesprochen peinlich gewesen. Da hatte er gemeint, der Kommissarin aus Münster die Mörderin präsentieren zu können, aber dann hatte der grüne Rock überhaupt nichts bewiesen. Logisch, dass eine Frau noch ein Kleidungsstück von dem Mann besaß, mit dem sie verheiratet war. Und dass sie es dann irgendwann entsorgte, wenn sie auch innerlich mit der Beziehung abgeschlossen hatte, machte ebenfalls Sinn. Daraus gleich ein Indiz für einen Mord zu konstruieren, war vorschnell und dilettantisch. So hatte sich Fritz Meierbrink in den vergangenen Tagen lieber von der Bildfläche zurückgezogen.

Der zweite Grund für seinen Rückzug war allerdings, dass ihm der Kirmesrummel nicht behagte. Heute wagte er sich zum ersten Mal wieder aus dem Haus. Der Montagmorgen war nämlich eine Zwischenzeit, in der der Telgter Kraft schöpfte für den zweiten Höhepunkt des Mariä-Geburtsfestes, den Pferde- und Krammarkt am Dienstag. Also war Fritz Meierbrink wieder auf dem Weg zu seiner Bank. Schon von der Ecke Bahnhofstraße/Steinstraße aus sah er, dass dort jemand saß, und sein Herz machte einen kleinen Hüpfer, der nicht auf altersbedingte Herzprobleme zurückzuführen war. Dieser Jemand war das kleine Mädchen, wie hieß es noch gleich? Ach ja, Lena. Aber diese Lena sah heute ziemlich niedergeschlagen aus.

Fritz Meierbrinks Gedanken begannen sofort um die Frage zu kreisen, was Lena wohl so betrübt haben mochte. Deshalb achtete er nicht auf rechts und links und setzte, ohne zu schauen, zuerst seinen Krückstock und dann den einen Fuß auf das Pflaster der Steinstraße. In dem Moment war das Kreischen von Autoreifen zu hören, die einer Vollbremsung ausgesetzt wurden, und nur wenige Sekunden später ergoss sich ein empörter Wortschwall über Fritz Meierbrink.

„Können Sie nicht aufpassen, Sie ... Sie ...!"

„Alter Trottel, meinen Sie wohl?!" Fritz Meierbrink war jetzt wieder hellwach und kampflustig wie eh und je. „Ich will Ihnen mal was sagen, junger Mann. Sie dürfen nämlich gar nicht in diesem Tempo durch die Innenstadt rasen. Und wenn Sie trotzdem mit Lichtgeschwindigkeit unterwegs sind, brauchen Sie sich nicht zu wundern, wenn man Sie nicht kommen sieht." Fritz Meierbrink war versucht, zur Unterstützung seiner Worte mit dem Krückstock auf die Motorhaube des Autos zu schlagen, konnte sich aber noch im letzten Moment zusammenreißen. Stattdessen ließ er den verdatterten jungen Fahrer einfach stehen und setzte erhobenen Hauptes seinen Weg über den Marktplatz fort.

Als er bei der Bank angelangte, fand er dort eine Lena, deren Gesicht nicht mehr nur betrübt, sondern von Entsetzen verzerrt war. Fritz Meierbrink zögerte. Lena musste seinen Beinahe-Unfall beobachtet haben.

„Ist doch alles gut gegangen!", meinte er leichthin und ließ sich neben Lena nieder. Aber das Mädchen erwachte nicht aus seinem Entsetzen. Es starrte vor sich hin, als blicke es in weite Ferne. Seine Lippen begannen zu zittern, und es murmelte unverständliche Worte.

Fritz Meierbrink wandte sich Lena zu und versuchte zu verstehen, was sie mehr in den leeren Raum hinein als zu ihm sagte. „Der Tom ..."

„Der Tom? Wer ist Tom?", fragte Fritz Meierbrink verwirrt. Ging es gar nicht um ihn?

Lena fuhr fort, als hätte sie Fritz Meierbrinks Zwischenfrage nicht gehört. „... ist auch da rüber gegangen. Das war auch ein Montag. Und das Auto, das war auch schwarz. Und der Mann, der ist auch ausgestiegen. Aber der Tom lag da und hat nichts gesagt. Und der Mann ist wieder eingestiegen und weggefahren."

Plötzlich dämmerte es Fritz Meierbrink. Lena erzählte von einem anderen Unfall, den sie beobachtet hatte. Und bei diesem Unfall war gar nichts gut gegangen, weder was den Jungen, noch was den Fahrer anbetraf.

„Und was ist dann passiert?", fragte Fritz Meierbrink.

Da erwachte Lena endlich aus ihrer Erstarrung. „Ich, ich ...!" Sie schluckte. „Ich bin weggerannt und hab keinem was erzählt. Tom und ich, wir hatten nämlich einen Umweg gemacht. Auf dem Weg zur Schule. Um Schokocroissants zu holen. Das war meine Idee ..."

„Und der Mann in dem Auto, was war das für einer?", fragte Fritz Meierbrink.

Plötzlich dämmerte ihm, welches Ereignis Lena miterlebt hatte: den tödlichen Unfall eines Jungen mit Fahrerflucht, der vor einiger Zeit groß durch die Zeitung gegangen war. Man hatte den Unfallverursacher nie dingfest machen können.

Lena musste gelitten haben, da sie niemandem mitteilen konnte, was sie beobachtet hatte. Nun war sie endlich bereit zu erzählen, und nun war ihr Redeschwall kaum noch aufzuhalten.

„Der Mann bei Tom, der war nicht so jung wie der eben. Der hatte schon ein bisschen graue Haare wie Papa. Und der hatte eine grüne Jacke an. Ich hab den neulich in der Zeitung gesehen." Fritz Meierbrink wurde es abwechselnd heiß und kalt. Er musste seine Mütze abnehmen, da sich die Schweißtropfen unter dem Schirm sammelten.

„Du, Lena", versuchte er zu unterbrechen. „Was du da gesehen hast, muss die Polizei wissen. Das kennst du doch sicher aus deinen Büchern."

„Ja“, meinte Lena zögernd. „Ja, aber ich hab den Tom doch zu dem Umweg überredet. Und ich mag die Frau nicht.“

„Welche Frau?“, wollte Fritz Meierbrink wissen.

„Diese neue Polizistin. Die guckt immer so böse.“

„Die mag ich auch nicht“, antwortete Fritz Meierbrink. Doch er schwieg sich lieber darüber aus, warum er sie nicht mochte. „Wir brauchen nicht zu dieser Frau zu gehen. Die hat mit dem Unfall damals gar nichts zu tun. Die ist nur wegen des Mordes in den Klatenbergen hier. Wir gehen zu Dirks, dem netten Polizisten. Den kennst du doch sicher?“

„Ja“, bestätigte Lena schwach und machte einen letzten Versuch, dem Gang zur Polizei zu entkommen. „Aber ich muss doch in die Schule.“

„Papperlapapp“, machte Fritz Meierbrink. „Die Schule ist nicht so wichtig.“

Es wurde ihm noch einmal kurz heiß und kalt, als er daran dachte, was seine Mutter dazu gesagt hätte. Aber dann nahm er Lena an die eine Hand und den Krückstock in die andere und machte sich auf den Weg zu Michael Dirks.

21.

Fritz Meierbrink und Lena schlugen den Weg in Richtung Rathaus ein. Als sie an die Ecke Bahnhofstraße/ Steinstraße kamen, wo Meierbrink fast überfahren worden wäre, hielt dieser an und meinte: „Weißt du was, Lena, wenn wir jetzt ins Rathaus gehen, treffen wir dort unter Garantie diese Kommissarin aus Münster. Und die wird sich sicher sofort einmischen. Vielleicht sollten wir besser zu Dirks nach Hause gehen. Um diese Zeit erwischen wir ihn dort sicher noch."

„Weißt du denn, wo er wohnt?", fragte Lena erstaunt.

„Klar", erklärte Fritz Meierbrink stolz. „Ich kenn den schon, seit er ein kleiner Junge war."

Also änderten die beiden ihre Richtung und gingen die Bahnhofstraße hinunter, um dann nach rechts in die Ritterstraße einzubiegen. „RITTERSTRASSE", las Lena, die angesichts der Tatsache, dass jemand einen Polizisten schon als Kind kannte und ihn einfach so zu Hause besuchen konnte, ihre Gewitztheit wiedergefunden hatte. „Das passt ja zu einem Polizisten!"

Die Touristen, die durch dieses Gässchen spazierten, beeindruckte an der Ritterstraße allerdings weniger der Name als die Architektur der Häuser, die meist nur eingeschossig waren und hohe Giebel hatten.

Fritz Meierbrink blieb vor einem dieser Häuschen stehen und drückte ohne zu zögern auf den Klingelknopf. Es dauerte gar nicht lange, da öffnete sich die Haustür, und Dirks stand vor ihnen. Offensichtlich wollte er gerade zum

Dienst gehen, denn er hatte seine Uniformjacke an, seine Mütze auf dem Kopf und trug Lederhandschuhe. Trotz der korrekten Dienstkleidung wirkte er jedoch nicht unbedingt dienstbereit. „Ja, ja, die Kirmes!", dachte Fritz Meierbrink.

Michael Dirks blickte die beiden morgendlichen Besucher erstaunt an. „Guten Morgen, Michael", grüßte Fritz Meierbrink forsch. „Entschuldige, dass wir dich so früh stören, aber dieser jungen Dame hier ist heute etwas Wichtiges eingefallen. Und da das nichts mit eurem momentanen Fall zu tun hat, dachten wir, wir kommen einfach mal inoffiziell zu dir nach Hause."

Als der junge Polizist noch immer nicht reagierte, fügte Fritz Meierbrink vielsagend hinzu: „Außerdem haben wir eigentlich kein Vertrauen zu dieser Kommissarin aus Münster ...!"

Endlich regte sich Michael Dirks und nickte. Dann trat er zurück, um die beiden hereinzulassen. Er führte sie in das kleine Wohnzimmer. Fritz Meierbrink ließ sich mit größter Selbstverständlichkeit auf dem Sofa nieder, während sich Lena neben ihm ehrfurchtsvoll auf die Sofakante setzte.

„Und, was gibt es?", fragte der Telgter Polizist endlich. Fritz Meierbrink wechselte einen Blick mit Lena und begann dann für das Mädchen zu erzählen. Dirks hörte anfangs noch etwas verschlafen, dann immer interessierter zu. Oder wie sollte man seinen Gesichtsausdruck deuten? Seine Gesichtshaut war erst blass und dann grün wie die Uniformjacke geworden. Fritz Meierbrink kam ins Stocken. Er merkte, wie auch Lena neben ihm begann, unruhig auf der Sofakante hin und her zu rutschen. Meierbrinks Bericht war gerade an der Stelle angelangt, an der der Fahrer des Unfallfahrzeugs wieder eingestiegen und davongefahren und auch Lena in Panik weggelaufen war. Gerade in diesem Punkt hatte Fritz Meierbrink eigentlich größtes Verständnis von Dirks erwartet, dem gutmütigen „Dorfpolizisten".

Aber nun sprang dieser aus seinem Sessel auf, warf sich über den niedrigen Wohnzimmertisch, der zwischen ihnen stand, stocherte mit seinem behandschuhten Zeigefinger in Lenas Richtung und rief mit gepresster Stimme: „Du bist auch davongelaufen?“

Lena rutschte unwillkürlich auf dem Sofa zurück und drückte sich verschreckt in die Rückenlehne. Sie starrte Michael Dirks mit weit aufgerissenen Augen an.

„Aber Michael“, versuchte Fritz Meierbrink, den jungen Beamten zu beschwichtigen. Eine derartige Reaktion hatte er nicht erwartet. „Sie ist doch noch ein Kind!“

„Ja, ein Kind, ein Kind ...!“, rief Dirks. Dann brach er plötzlich über dem Tisch zusammen und begann zu heulen. „Er war auch ein Kind, der Tom! Er war wie mein Kind, auch wenn er eigentlich ihr Kind war. Wir hätten geheiratet, und ich hätte ihn adoptiert. Aber dann hat sie sich von mir getrennt, weil ich dieses Schwein nicht dingfest machen konnte. Diesen Döring ...“

Dirks bäumte sich immer wieder von Weinkrämpfen geschüttelt über der Glasplatte des Tisches auf. Mittlerweile hatte sich dort eine schmierige Pfütze von Tränen gesammelt.

Lena und Fritz Meierbrink saßen fassungslos auf der anderen Seite des Tisches. Fritz Meierbrink brach der Schweiß aus. Er hatte einen Fehler gemacht, als er mit Lena hierher gekommen war. Diesmal hatte er einen wirklich schweren Fehler gemacht!

Einen Moment lang war Dirks ganz still. Dann hob er seinen Oberkörper und blickte die beiden mit einem Ausdruck an, der selbst einem Sherlock Holmes das Blut in den Adern hätte gefrieren lassen.

„Wenn du nicht weggelaufen wärst“, zischte er und stocherte wieder mit seinem Finger in Richtung Lena, „dann hätte ich dieses Schwein schon längst gehabt!“ Langsam erhob sich Dirks und bewegte sich um den Tisch herum auf das Sofa zu.

*

Karin Jochimsen goss sich den bereits dritten Kaffee an diesem Morgen ein, schnappte sich die Zigarettenschachtel und lehnte sich mit verschränkten Armen hinter dem Kopf in ihrem Stuhl zurück. Sie schaute in die Qualmwolke und ließ ihren Gedanken freien Lauf. Schon immer hatte sie sich so am besten konzentrieren können.

Wo Dirks wohl blieb? Sie drückte die Zigarette aus. Das Telefon auf dem Schreibtisch von Michael Dirks klingelte. Sie seufzte, stand auf und setzte sich mit dem Kaffee auf seinen Stuhl. Sie nahm ab.

„Jochimsen." Sie hörte kurz zu.

„Danke." Dann legte sie auf. Das Ergebnis der KTU. Die Untersuchung der Flasche, mit der Sven Horstmüller niedergeschlagen worden war, hatte nichts ergeben. Keine Fingerabdrücke, nur fremdes Blut. DNS-Analyse ohne Ergebnis. Wieder eine Sackgasse. Sie seufzte.

„Verdammt", sagte sie zu sich selbst und schlug mit der Faust auf den Tisch. Dabei schwappte Kaffee aus dem Becher auf die Unterlagen auf Dirks' Schreibtisch. Etwas von der braunen Flüssigkeit lief in eine halb offen stehende Schublade auf einen Stapel Papiere. Karin Jochimsen holte den Stapel heraus und wischte ungeschickt mit dem Handrücken darüber. Dabei fielen ein paar Blätter auf den Boden. Sie griff umständlich danach, wobei ein kleiner Ausschnitt herausflatterte. Sie stutzte. Eine Todesanzeige. Von einem kleinen Jungen. Tom Winter. Vor knapp sechs Monaten gestorben. Und was war das? Ein Artikel mit Bild von Toms Mutter, ein Mann unscharf im Hintergrund. Es ging um einen tragischen Fall von Fahrerflucht. Und hier: ein Aufruf an die Telgter Bevölkerung, eine Fahrerflucht mit Todesfolge aufzuklären. Und das? Eine Liste mit Fahrzeugen, die in dieser Zeit in Telgter Werkstätten zur Reparatur gewesen waren. Mit den Namen der Besitzer. Beim vierten Namen stockte der Kommissarin der Atem. Döring. Horst Döring.

Ihre Nackenhaare stellten sich auf. Hastig blätterte Karin Jochimsen zurück. Das Bild von der Mutter – da war es. Und der Mann im Hintergrund, war das nicht ...? Unglaublich. Der Mann auf dem Foto war Michael Dirks!

*

„Ist er drin?" Karin Jochimsen lugte um eine Hausecke an der Ritterstraße. Hinter ihr war alles weitläufig abgesperrt.

Der Leiter der Sondereinsatzgruppe aus Münster nickte. Er und seine Männer trugen schusssichere Westen und waren vermummt. Mit ihren kleinen Funkmikrofonen, die an den Helmen montiert waren, hatten sie etwas von Raumfahrern aus der Zukunft. Schwarz gekleidet und mit neuester Technologie bewaffnet. Und sicher nicht zum Spielen gekommen.

„Im Wohnzimmer. Er hat zwei Geiseln. Einen alten Mann und ein kleines Mädchen, vielleicht sieben Jahre alt. Und er hat eine Waffe."

„Sind Ihre Männer in Stellung?"

„Zwei hinterm Haus im Garten, vier vorne an den Seiten. Zwei hier bei uns. Er hat keine Chance zu entkommen."

Karin Jochimsen wollte unbedingt ein Blutbad verhindern: „Niemand greift ein, bevor ich es sage."

Sie suchte nach ihrem Handy. Akku leer. Sie fluchte, suchte nach dem zweiten kleinen Telefon und wählte Dirks' Nummer. Niemand hob ab. Sie steckte das Handy ein und griff sich das Megafon. Ihre Stimme schallte durch die halbe Innenstadt.

„Dirks, geben Sie auf. Es ist vorbei. Legen Sie die Waffe weg und kommen Sie raus."

Keine Regung.

„Seien Sie vernünftig, und lassen Sie wenigstens das Mädchen und den Mann gehen, bitte."

Der blecherne Klang ihrer verstärkten Stimme schlug von den Hauswänden zurück. Die Sekunden dehnten sich. Nichts passierte.

Und plötzlich ging alles ganz schnell. Die Haustür öffnete sich, und Dirks schob Lena und Fritz Meierbrink vor sich her. Die Waffe hielt er dem alten Mann in den Rücken.

Dirks schwitzte, sein Blick war wirr und hektisch.

Karin Jochimsen zog und entsicherte ihre Waffe.

„Ich will ..." schrie Dirks. Weiter kam er nicht. Plötzlich und überraschend schnell für sein Alter drehte Fritz Meierbrink sich herum und schlug laut schimpfend mit seinem Krückstock auf ihn ein. Sofort flüchtete Lena in die Arme eines Polizisten. Völlig überrascht ließ Dirks die Waffe fallen, und im gleichen Augenblick waren vier maskierte Männer der Einsatzgruppe über ihm, drehten seine Hände auf den Rücken und ließen den glänzenden Stahl der Handschellen zuklicken. Sie sprachen kein Wort. Dann hoben sie ihn hoch. Keine 20 Sekunden waren vergangen. Kein Schuss war gefallen.

Meierbrink und Lena wurden weggebracht, und Karin Jochimsen ging auf Dirks zu. Sie schaute ihm in die Augen. In die Augen des Mörders. Doch hinter dem flackernden Wahnsinn sah sie nur eines. Trauer, tiefe Trauer. Dann wurde Dirks abgeführt.

Karin Jochimsen ließ ihre Zigarette auf die Erde fallen und zerdrückte sie mit ihrer Schuhspitze.

„Ich muss damit aufhören", dachte sie. „Irgendwann muss ich damit aufhören."

22.

Karin Jochimsen blickte sich noch einmal um, als sie das Telgter Rathaus verließ. Sie hatte den Fall abgeschlossen und fühlte sich doch miserabel. Einen Kollegen zu verhaften, kam nicht alle Tage vor. Sie war betroffen und wütend zugleich.

Zehn Tage hatte sie mit Dirks gearbeitet. Es war zu einem zweiten Mord gekommen, den sie hätte verhindern können. Dirks hatte in seinem Sinn gearbeitet. Klar, dass sie so nicht weitergekommen war. Sie hatte mit ihm über Motive und Tathergänge diskutiert und nichts bemerkt.

Nach der Verhaftung hatte er alles gestanden. Unter Tränen und fast erleichtert hat er die Geschichte von dem kleinen Tom erzählt, der verblutet war, weil ein rücksichtsloser Autofahrer ihn angefahren und liegengelassen hatte. Dirks hatte wochenlang ermittelt, bis der Wagentyp feststand. 20 Fahrzeuge davon waren im Kreis Warendorf zugelassen. Döring fuhr in Telgte als Einziger das besagte Modell, und als Dirks ihn befragte, war ihm schnell klar: Das musste der Fahrer sein. Aber Döring hatte ein Alibi. Kirchhoff hatte für ihn ausgesagt. Am Fahrzeug war nichts nachzuweisen. Der Kripo reichte das damals. Dirks gab aber keine Ruhe, ermittelte auf eigene Faust weiter. Wenn auch lange vergeblich.

Bis er in der vergangenen Woche nochmals eine kleine Autowerkstatt in Westbevern aufgesucht hatte, um den Besitzer zur Rede zu stellen. Schließlich rückte der Mechaniker raus mit der Sprache: Ja, er habe vor Wochen einen schwarzen Volvo repariert. Also doch: Döring hatte den Unfall vertuscht.

Es sei wie ein Rausch gewesen, so Dirks, als er sich den über Monate aufgestauten Druck von der Seele redete. Er sei nach Hause gefahren, habe das Gewehr seines Großvaters geholt und zu Döring gewollt. Als er in die Herrenstraße einbog, kam Döring ihm entgegen. Er fuhr ihm in die Klatenberge nach, verfolgte ihn, wartete einen unbeobachteten Augenblick ab und schoss.

Jochimsen brauchte nicht einzugreifen. Dirks erzählte alle Einzelheiten, auch wie er die Leiche beiseite geschafft und versucht hatte, eine falsche Spur zu legen. Die Sache mit Horstmüller, wie er ihn im Becken gefesselt hatte – es sollte eine Warnung an die Adresse des Journalisten sein. Und er gab zu, ihr den einen oder anderen Hinweis nicht weitergegeben zu haben. Als er schließlich erfuhr, dass Kirchhoff ihn beobachtet hatte und damit an die Öffentlichkeit gehen wollte, musste er sich schützen. „Der Kirchhoff, der steckte auch mit drin", hatte er verbittert gesagt.

Nachdem Dirks abgeführt worden war, hatte sie noch lange in dem kleinen Büro gesessen. Unbeweglich und unfähig, nach Hause zu fahren. Nicht mal die Zigarette hatte ihr mehr geschmeckt.

Sie nahm sich vor, in ein paar Tagen noch mal nach Telgte zu kommen und den tapferen Herrn Meierbrink und Lena auf ihrer Bank zu besuchen.

*

Jochen Kroll hatte am Abend von Dirks' Verhaftung am offenen Fenster seines Büros gestanden und einen Kaffee getrunken. Einen fiesen, viel zu starken Kaffee. Denn seit Suse Woltner nicht mehr bei ihm arbeitete, musste er diese niederen Dinge wieder selber tun. Es gelang ihm nicht wirklich. Er hatte eine blecherne Stimme laut durch Telgtes Innenstadt rufen hören, war neugierig geworden und auf die Straße gegangen. Es hatte keine fünf Minuten gedauert, bis die Sensation sich wie ein Lauffeuer durch Telgte verbreitete. Der Mörder war gefasst! Doch die Nachricht konnte ihn nur kurz von seinen eigenen Sorgen ablenken. Seit seinem peinlichen Niederschlag auf Telgtes Golfplatz lief seine Kanzlei noch schlechter als vorher – wenn das denn überhaupt noch möglich war. Anscheinend trauten seine Klienten ihm nichts mehr zu. Was Kroll noch nicht ahnte, war, dass auch seine Ehe in die Brüche gehen sollte. Sie würde das Haus bekommen, er das Auto.

*

Seitdem Nicki wusste, wer der Mörder ihres Schatzes war, und vor allem, dass Elsa Feldmann hinter Gittern saß, konnte sie langsam mit dem Thema abschließen.

Sobald sie ihr Erbe ausgezahlt bekommen würde, wollten Suse und sie zur Erholung ans Meer fliegen. Außerdem hatten beide beschlossen, sich eine neue Wohnung zu suchen. Sie sollte größer und heller sein und Platz für Nickis Atelier bieten. Nach wie vor verbrachte sie viel Zeit in der Natur, was nicht zuletzt an Knopf, dem kleinen, weißen Hund mit dem schwarzen Kreis ums Auge, lag. Nicki hatte ihn im Tierheim gesehen und sich Hals über Kopf in ihn verliebt.

„Schließlich kann ein Wachhund ja nicht schaden", hatte sie Suse erzählt.

*

Barbara Mahlberg-Döring stand von ihrem großen Esszimmertisch auf und ging in den Flur. Vor dem riesigen antiken Spiegel bearbeitete sie ihr langes blondes Haar mit der Bürste, bis es Funken sprühte. Niemand, nicht einmal die schlaue Kommissarin, hatte vermutet, dass auch Barbara nicht ganz unschuldig war.

Sorgfältig malte sie sich ihre Lippen nach. Ach, der liebe Harry! Alles hätte er für Barbara gemacht – zuletzt war er sogar bereit gewesen, selbst zum Mörder zu werden. Sie hatten es gemeinsam so geplant. Dirks war Harald nur einen Moment zuvor gekommen. Harry hatte aus nächster Nähe beobachtet, wie der Polizist Horst erschoss. Und das musste er schließlich mit seinem Leben bezahlen. Er hatte Barbara so sehr geliebt, dass er sie als Alleinerbin seines erstaunlichen Vermögens einsetzte.

Ihr Geheimnis würde niemals ans Licht gelangen. Die Toten soll man ruhen lassen – das Leben gehört den Lebenden. Sie schlüpfte in ihren kurzen, brombeerfarbenen Mantel. Draußen wartete schon das Taxi, das sie zum Bahnhof bringen sollte. Sie wollte nach Düsseldorf.

*

Als Sven nach Tagen des künstlichen Komas die steril weißen Wände der Intensivstation erblickte, griff er instinktiv nach dem Arm, der sich an seiner Infusionsnadel zu schaffen machte.

„Wo bin ich, und was machen Sie mit mir?“, stöhnte er.

„Beruhigen Sie sich, Herr Horstmüller! Sie haben eine Menge Glück gehabt“, entgegnete eine sanfte Frauenstimme.

Nur mühsam drehte Sven den Kopf und blickte in das hübsche Gesicht einer blonden, langhaarigen Krankenschwester.

„Ihr Zustand hat sich glücklicherweise stabilisiert. Sie werden allerdings noch einige Wochen Vollpension in unserem Krankenhaus genießen dürfen.“

Sven stöhnte. „Was ist mit mir passiert?“, fragte er.

„Sie wissen nichts mehr?“, fragte die Schwester.

„Ich habe eine Runde Bier an der Schießbude verloren. Ab dann ist alles dunkel!“

„Machen Sie sich keine Sorgen, Ihre Erinnerung wird zurückkehren. Sie sind mit einer Bierflasche niedergeschlagen worden", erklärte die freundliche Stationsschwester.

„Volksfeste werden immer gefährlicher!", ächzte Sven.

„Das können Sie wohl laut sagen. Der Telgter Doppelmörder ist übrigens gefasst worden! Stellen Sie sich vor, ein Polizist namens Michael Dirks. Kennen Sie den?!"

Um Sven herum schien sich die Welt zu drehen.

„Mickey Dirks ein Mörder? Und ich bin im Himmel, und Sie sind die Frau von Petrus?" Dann fielen Sven die Augen erneut zu, und er träumte von den ganz großen Geschichten.

*

Auf der Bank am Marktplatz saß Fritz Meierbrink, auf der einen Seite neben sich den Krückstock, auf der anderen Seite Lena, die schon wieder mit den Beinen schlenkerte. Sie schien den ersten Schock überwunden zu haben, darüber, dass sich ein vermeintlicher Ritter als Räuber, ja als Menschenräuber entpuppt hatte. Schließlich war in der ganzen Geschichte ja auch ein Retter aufgetreten, zwar nicht mit einem goldenen Schwert, aber mit einem genauso wirkungsvollen Krückstock. Und er hatte ihr bereits drei Runden Ponyreiten auf der Kirmes spendiert. Auch Fritz Meierbrink schien versöhnt mit der Welt. Er hatte sich morgens auf dem Mariä-Geburtsmarkt endlich eine neue Kappe gekauft. Auch wenn er im Fall Döring nicht immer auf der richtigen Spur gewesen war, so hatte er zumindest die Geiselnahme schnell und effektiv beendet. Und das verdiente eine Belohnung!

*

Hand in Hand spazierten Grüngräber und seine Frau über den Mariä-Geburtsmarkt. Der Geruch von Tieren lag in der

Luft, und trotz der Menschenmassen, die seinen Weg kreuzten, war er zum ersten Mal seit langer Zeit wieder beruhigt: Der Mörder war überführt und saß hinter Schloss und Riegel.

Sie schlugen einen Bogen und gelangten zu den Marktschreiern, die ihrem Namen alle Ehre machten und lauthals ihre Waren anpriesen. Grüngräber ließ seine Gedanken abschweifen. Morgen würde er wieder zum Wasserwerk fahren und dann endlich das Tor ölen.

Das Autorenteam

Jürgen Kehrer (52): „Acht Autorinnen und Autoren, viele Ideen, unterschiedliche Stile und Leser, die wöchentlich über den Fortgang der Geschichte abstimmen: Dass aus diesem Experiment tatsächlich ein lesbares Buch geworden ist, dafür gebührt allen Beteiligten ein großes Lob."

Sabina Althoff (44): „Telgte als Kulisse für Mörder, Stalker und andere Täter – das ist eine kuriose Vorstellung, die durchaus meine Fantasie anregt."

Leonie Greife (16): „Nachdem ich einen Workshop für kreatives Schreiben besucht hatte, wollte ich so schnell wie möglich mein neu gewonnenes Wissen anwenden. Da kam der Telgte-Krimi genau richtig!"

Markus Mentrup (39): „Ich habe mitgemacht, weil meine Frau meinte, ich könnte das, und mich daraufhin angemeldet hat."

Lara Kortenbrede (16): „Auf das Projekt wurde ich von einer Freundin aufmerksam gemacht. Anfangs hatte ich zwar noch Zweifel, doch spätestens nach dem ersten Workshop hatte mich das Schreibfieber gespackt."

Martin Triebke (43): „Ich habe gerne mitgemacht, weil ich die Idee, dass mehrere Menschen gemeinsam eine Geschichte entwickeln – dazu noch mit Lokalkolorit und unter professioneller Anleitung – unglaublich spannend fand."

Simone Thieringer (49): „Es hat mich gereizt, an einer Geschichte zu schreiben, deren Fortgang völlig offen war. Ein Krimi für Telgte war schon lange überfällig."

Christiane Vortmeyer (46): „Was mich an dem Krimiprojekt gereizt hat, war vor allem der Aspekt des gemeinschaftlichen Schreibens, weil ich das auch in der Schreibwerkstatt als besonders inspirierend erlebt habe."

Ein herzliches Dankeschön

geht an Reinhild Essing für die Durchsicht des Buchmanuskripts und ihre wertvollen Anregungen sowie an die Leserinnen und Leser der Westfälischen Nachrichten für die Teilnahme am Online-Voting.